光文社古典新訳文庫

ソヴィエト旅行記

ジッド

國分俊宏訳

光文社

Title : RETOUR DE L'U.R.S.S.
1936
RETOUCHES À MON «RETOUR DE L'U.R.S.S. »
1937
Author : André Gide

ソヴィエト旅行記◎目次

本書をお読みになる前に——訳者によるまえがき

一九三六年の六月から八月にかけて、アンドレ・ジッドはソヴィエト社会主義共和国連邦（ソ連）を旅行しました。社会主義の理想を実現した国家がどんなものか、期待に胸を膨らませてかの地を訪れたジッドは、しかしスターリン体制下のソ連を見て失望します。その失望を、彼は率直に綴《つづ》り、フランスに帰国してすぐ、一冊の書物として刊行しました。それが本書（の前半をなす）『ソヴィエト旅行記』（一九三六年）です。

ところが、ジッドのこの本は、共産党を中心に、依然としてソ連を好意的な目で見ていた左翼陣営から、猛烈な批判を浴びることになります。一九二〇年に社会党から分離する形で誕生したフランス共産党はソ連に忠実で、徹底してソ連擁護の立場をとっていました。ジッドは共産主義の共鳴者《シンパ》と見られていたし、だからこそソ連への旅行も取り計らわれたので、ほとんど「裏切り者」のように扱われたのです。

そこでジッドは、その激烈な批判に反論する本『ソヴィエト旅行記修正』を翌三七年に出版します。本書は、この『ソヴィエト旅行記』と、その続編にあたる『ソヴィエト旅行記修正』を翻訳し、一冊にまとめたものです。

八十年以上前の、今はもうなくなってしまったソ連についての本など、一部の専門家や紀行文学好きにしか用がないと思われるでしょうか。しかし、二十一世紀になっても、全体主義的な傾向はなくなるどころか、近年ますます顕著になっているようにも思えます。中国やロシアでは最高権力者の権限が一層強化されていますし、メディアの支配やイメージ戦略が大きな影響力を持つ日本やアメリカも、決して全体主義の脅威と無縁ではありません。インターネットをはじめとする通信技術の発達とともに人々の扇動や監視もますます容易になっているように見えます。そうした状況の中で、二十世紀初頭の全体主義的国家に対して、アンドレ・ジッドという一人の誠実な作家がどのような態度をとったかを示す本書は、今の時代にもなおアクチュアルな価値を持っていると言えるでしょう。

とは言え、本書を生んだ当時のフランスの状況については、現在の日本の読者にとっては注釈が必要かもしれません。そこで本文に先立って、ジッドがソ連を旅行した頃のフランスの文学者や知識人と共産党をめぐる事情を、ごく簡単に説明しておきたいと思います。

フランスの文学者たちと共産党

今からでは想像しがたいことかもしれませんが、一九一七年のロシア革命により世界初の社会主義国として誕生したソ連は、共産党を中心とした当時のフランスの左派系知識人たちから強く支持されていました。世界史上、社会主義を実現した国家がほかに存在していなかった以上、「平等」の夢を実現した実験場として、ソ連に期待をかける人たちがいたとしても、無理もないことだったと言えます。おまけに当時は第一次世界大戦により、フランスは甚大な被害を受けていたので、厭戦《えんせん》気分が広がっていました。さらに三〇年代に入ればナチス・ドイツなどファシズムが台頭してきます。こうして、反戦平和主義、人道主義、そして反ファシズムを唱える知識人たちが共産主義に近づくのは決して不自然なことではなかったのです。

そもそも共産主義や社会主義というのは、労働者の権利を拡張し、人々の貧富の差をなくし、言ってみればラディカルに平等を実現しようという考え方なのだから、その思想自体は必ずしも悪いものではありません。これはごく素朴な理解ですが、実はジッド自身の共産主義の理解自体も、かなり素朴なものでした（ジッドは自分が共産主義に接近したのはマルクスよりもむしろ福音書を通じてだったという趣旨のことを述べています）。

当時のヨーロッパでは、現代の日本にいる私たちが考えるよりも、共産主義に共鳴する人は多かったし、フランスの作家の中にはルイ・アラゴンやポール・ニザンなど、共産党に入党する者がかなりいました。アラゴンはシュルレアリストですが、アンドレ・ブルトンを筆頭とするシュルレアリスト・グループが一時期共産党に接近したことを知っている人もいるでしょう。第一次世界大戦に従軍した経験をもとに戦争文学『砲火』を書き、反戦運動を展開した作家アンリ・バルビュスは、共産党の「看板作家」とも言うべき存在でしたし、ほかに、日本では『ジャン・クリストフ』の作者としてよく知られるロマン・ロランも、共産党員ではありませんでしたがロシア革命に強く賛同した平和主義の作家の一人です。

ジッドとソ連

ジッドもまた共産党に入党したわけではありませんでしたが、一九三二年にソ連と共産主義への支持を公にしました。たとえば、文芸誌『NRF』の一九三二年九月号と十月号に掲載した「日記抄」で、彼は「私はソ連に対する共感を大声で叫びたい」と吐露し、「ソ連の成功を保証するために私の命が必要だと言うなら、私は喜んで命を差し出すだろう」とまで書いています。また、一九三二年にアラゴンとポール・ヴァイヤン゠クチュリエ（フランス共産党の機関紙『ユマニテ』の編集長）らが創設した団体、革命的作家芸術家協会（AEAR）に、これも加盟はしなかったものの、その機関誌『コミューン』の編集委員としてロマン・ロランらと共に名を連ねています。

ジッドが共産主義の何に夢を託していたかと言えば、その一つは、やはり「平等」です。ジッドは、ソ連では自分が理想とする平等な社会が実現されていると期待していたのです（ジッド自身はブルジョワ家庭の出身でしたが、ブルジョワ階級を嫌悪しており、庶民のエネルギー、文化的創造力とでもいったものを非常に高く評価していました）。一九三三年の日記に、彼は「なぜ私は共産主義を望んでいるのか。それが公平だと信じているからだ。そして私が不公平に苦しんでいるからだ」と書きつけています。また『ソヴィエト旅行記修正』の中でも、自分が旅行中、破格とも言える特別待遇を受けたことを明かし、「私は〈平等〉に出会えるものと期待してあの国に行ったのに」(本書230ページ、以下ページ数はすべて本書)と嘆いています。「平等」はジッドにとって、とても重要なキーワードだったのです。

もう一つ、ジッドがソ連に、というか社会主義の革命に託していた夢があります。こちらの方が今の私たちにはわかりにくいかもしれませんが、それは、新しい文化の可能性です。ソ連の実験が成功することが、人類の文化の新たな進歩に寄与するとジッドは信じていたのです。『ソヴィエト旅行記』の補遺として収められたゴーリキーの葬儀に際しての演説の中で、ジッドは「文化の行く末は[…]、ソ連の運命そのものと結びついているのです」(119ページ)とかなり大げさなことを言っていますが、今となっては首をかしげざるを得ないようなこういう大時代な言葉が綴られているのはそのためなのです。

ともあれこうして一九三一年以来共産主義へのシンパシーを公言してきた作家として、ようやく一九三六年、ジッドはソヴィエト作家同盟からの招待を受けて、ソ連に赴くのです。しかし、すでに述べたように、ジッドを待っていたのは失望でした。彼は自分の認識がいかに誤っていたかを悟ります。ジッドが偉いのは、そのことを率直に表明し、批判の声を上げたところでしょう。

〈人道主義者〉ジッド

もともと作家としてのキャリア、あるいはスタイルから言えば、ジッドは決して〈社会派〉の作家ではありませんでした。『背徳者』『狭き門』『コリドン』など、初期の主要な作品はどれも葛藤を抱えた自己の内面の探求から生まれたものですし、『贋金つかい』のような実験的な小説は、後のヌーヴォー・ロマンの先駆とも言われています。ジッドはそもそも、どちらかと言えば文学にのみ専心する、いわば〈芸術至上主義〉の作家だったのです（そのことは先ほど挙げた「喜んで命を差し出すだろう」といった激烈でロマンティックな調子からもうかがえるのではないでしょうか。ここには純真で感激屋とでも言えるようなロマン主義的なジッドの人柄がよく表れています）。

それがはっきりと変わるのは一九二〇年代の後半です。ジッドは一九二五年七月から翌二六年の五月にかけてフランス領赤道アフリカ（AEF、171ページ注83参照）を旅しました。ジッド、すでに五十六歳のときのことです。そこで植民地の悲惨な状況を目の当たりにした彼は、帰国後、『コンゴ紀行』（一九二七年）を著し、この実態を暴くとともに、植民地の利益を貪《むさぼ》る大会社の無法な行為を告発したのです。ジッドは『ソヴィエト旅行記修正』で、「［『コンゴ紀行』を出版した］このとき、批判や攻撃や侮辱は、すべて右派から飛んできた」と書いていますが（165ページ）、フランス国家の植民地主義を批判するジッドの言説は、人道主義を掲げる左翼陣営からは歓迎の声をもって迎えられたのでした。それが『ソヴィエト旅行記』では、ソ連を批判したために、今度は共産主義者たちから批判されることになったわけです。

しかし、ここが大事なポイントなのですが、どちらの場合にも、ジッドは左派勢力にも右派勢力にも肩入れしたわけではありませんでした。ジッドの中にあったのは、ただひたすら庶民の側に立ち、苦しめられている人たちの味方をしようとする素朴な感覚だったのだと言うべきでしょう。ジッドはいつもただ率直なのです。ジッドのこの知的誠実さは特筆すべきものです。「私にとって何よりも優先されるべき党など存在しない。どんな党であれ、私は党そのものよりも真実の方を好む。［…］私はいつも真実の側につく。もし党が真実から離れるのなら、私もまた同時に党から離れる」（243ページ）と断言するジッドの姿勢は、党派性とは無縁なのです。

本書『ソヴィエト旅行記』および『ソヴィエト旅行記修正』を支えているのは、〈正義〉あるいは〈真実〉の側につきたいという、このジッドの誠実な姿勢です。保守や革新、あるいは右や左といった対立軸が意味をなさなくなったと言われるようになって久しいのですが、自由と公正に立脚した民主主義を重んじるという点に関しては、どのような政治信条にもかかわらず、現代のわれわれが共通して目指すべき理想のはずです。本書は決して政治的なパンフレットや理路整然とソ連を批判する論文などではなく、旅のまにまに綴られた、自由な構成のエッセイですが、この旅行記を今でも読むに足るものにしているのは、そうしたジッドの作家としての「ブレのなさ」だと言えるでしょう。いずれにせよ、こうした〈素朴さ〉を持つジッドが、独裁的な「恐怖政治」とも言えるスターリン体制下のソ連を目にして、それを手放しで称賛することなどできるわけがなかったのです。

歴史的なコンテクストを持つ本であり、今のわれわれにとって決して読みやすくはないかもしれませんが、全体主義を告発し、自由と平等という普遍的価値に軸足を置く本書は、現代の日本でも十分に読まれる価値のある、いや、現代の日本でこそ読まれるべき書物だと確信しています。信義に厚い、率直な人ジッドの熱に満ちた文章を、ぜひじっくりと味わっていただきたく思います。

ソヴィエト旅行記

ウージェーヌ・ダビ[1]の思い出に
彼のそばで、彼とともに生き、
考えたことの反映であるこれらのページを捧《ささ》ぐ

1　ウージェーヌ・ダビ（一八九八―一九三六）。フランスの小説家。パリで庶民の子として生まれ、職人になるが、その後文学に目覚める。ジッドらの勧めで書いた小説『北ホテル』（一九二九）で労働者の生活を素朴に描き、一躍ポピュリスム文学の寵児となる（この小説はマルセル・カルネ監督により映画化された）。ジッドらとソ連旅行中にセバストポリで客死。

ソヴィエト旅行記（一九三六年十一月）

ホメロスの諸神讃歌[2]の一つ、デメテル讃歌の語るところによれば、大女神デメテルは、娘を探してさまよううち、ケレオスの宮殿に辿《たど》り着いたという。そこでは老婆の姿に身をやつしたデメテルを女神だと見抜く者は誰一人としていなかった。デメテルは王妃メタネイラから、生まれたばかりの末の赤ん坊デモフォンを育てるよう託される。この男の子はのちに麦作の創始者トリプトレモスとなる。

夜、すべての扉が閉ざされて、屋敷じゅうがすっかり寝静まったあと、デメテルはふかふかの心地よいゆりかごからデモフォンを抱き上げると、一見残酷とも見えるようだが、実はその子を神々と同じ不死の身にしてやろうという大きな愛に導かれて、裸の赤子を、熱く燃える燠《おき》の上に寝かせたのだった。私は大女神デメテルの姿を想像する。まるで未来の人類をのぞき込むかのように、この光り輝く赤ん坊の上に身を屈《かが》めているその姿を。赤子は燃える炭火の熱さに耐え、この試練によって強くなるのだ。この子の中で、何かよくわからない超人間的なものが生まれようとしているのだ。何か頑強な、思いがけなくも輝かしいものが。ああ！ デメテルが最後までこの大胆な試みをやり遂げ、その挑戦を成功させることができていれば！ だが不安を感じたメタネイラが——と伝説は語る——その実験が行われている部屋に突然入ってきたのである。わが子を心配する母心で目がくらみ、女神と、そしてこの赤子の中で精錬されつつあった超人間的なものまでも押しのけてしまったのだ。彼女は燠を遠ざけた。赤ん坊は救われたが、神は失われた。

2 三十三の叙事詩体の詩篇からなる神々への讃歌集で、ホメロスの作として伝えられてきたためにこの名で呼ばれる。実際には、紀元前七世紀から新しいものはヘレニズム時代までの数世紀にわたって多くのラプソドス（吟唱詩人）たちによって作られた詩篇をまとめたものらしい（以下、断りがない限り注は訳者によるもの。ジッド自身による注は〔原注〕と表記する。また、訳者による注のうち短いものは［ ］でくくり、本文の中に入れた）。

序言

三年前、私はソヴィエト社会主義共和国連邦［ソ連］を称賛し、敬愛の念をはっきりと表明した。かの地では未曽有の実験が試みられており、そのために私たちの心は希望で膨らんでいたのだ。その実験から、壮大な進歩と、そして人類全体を牽引《けんいん》してくれるような高みへの跳躍が生まれることを期待していた。人類の再生とも言えるこの試みに立ち会うためだけでも今生きている価値がある、いやそれを手助けすることは自分の人生を差し出すにも値する、そう私は考えていた。私たちの心の中、私たちの精神の中で、栄光に包まれたソ連の運命が、文化の将来そのものにはっきりと結びつけられていたのだ。そのことを私たちは何度も繰り返し言ってきた。今でもまだそう言えればいいのにと思っている。

すでに、かの地へ行ってみる前から、当時ソ連で下されたいくつかの決定が、ある方向転換を示しているように見えて、私たちは不安を覚えずにはいられなかった。

その頃（一九三五年十月）、私はこう書いている。

こんにち、私たちがいささか頑固なまでにソ連を擁護するのは、ソ連への非難があまりに愚かで不誠実だからでもある。彼ら、犬のように吠える者たちがソ連を称賛し始める頃には、逆に私たちはソ連に賛同できなくなっているだろう。というのも、彼らが称賛するだろうものとは、ソ連の妥協、ソ連の譲歩であり、周りの人たちをして「そら見たことか」と言わしめるようなものだからである。だがそのときにはもうソヴィエト連邦は、当初それが目指していた目標から外れてしまっているのだ。私たちの視線はこの目標にじっと注がれたままであり続けているのに、ソ連の方がその目標から離れてしまい、そのために私たちの視線がソ連から逸《そ》れてしまう、といったことがどうか起こらぬように。

（『NRF』誌、一九三六年三月）

しかしながら、はっきりとした情報を得るまでは、自分のソ連への信頼を固持し、自らの疑念に目をつぶる方を選んだ私は、モスクワに着いた四日後、ゴーリキーの葬儀に際して、赤の広場でまたしても次のような演説を行ったのである。「文化の行く末は、われわれの精神の中で、ソ連の運命そのものと結びついているのです。われわれはソ連を擁護します」

私は常々、首尾一貫性にこだわるあまり持論を貫きすぎては、往々にして誠実さを失う危険がある、と主張してきた。そして、誠実であることが何よりも大切な場面があるとしたら、それはまさしく大勢の人たちの信念――私たち自身のそれも含めて――がかかっているような状況のときに違いないと私は思う。

もし私が初めに判断を間違ったのなら、できるだけ早く自分の過ちを認めることが最善であろう。なぜなら私には、この過ちに影響された人たちに対して責任があるからだ。このとき自尊心などというものは問題にならない。第一私はそのようなものをほとんど持っていない。私の目から見れば、私自身よりもっと大事なものがある。ソ連よりもっと大事なものがある。それは人類であり、その運命であり、その文化である。

だが、そもそもの初めに私は間違っていたのだろうか。ほんの一年と少しばかり前から始まったソ連の変化を追ってきた人たちが、果たして変わったのは私なのか、それともソ連なのか、いずれ判断してくれるだろう。私はここで「ソ連」という言葉を、それを率いている人間のことを指して用いている。

私よりもっと有能な専門家たちが、このソ連の方針転換が表面的なものに過ぎないのかどうか、私たちの目に逸脱と見えるものが、これまでのいくつかの制度の宿命的な結果ではないのかどうか、いずれ教えてくれるだろう。

今はまだ、ソ連は「建設途上」にある。それを何度も繰り返し言い聞かせることが大事である。だからこそ、この産みの苦しみの最中にある広大な土地を訪れることには並々ならぬ重要性があるのだ。言ってみれば、未来を生み出す分娩の瞬間に、私たちは立ち会っているようなものなのだから。

そこにはよいものもあれば悪いものもある。いや、素晴らしいものと最悪のものがある、と言うべきかもしれない。素晴らしいものはたいてい途方もない努力のおかげで獲得されたものだ。だが努力したからと言って、いつでもどこでも、獲得しようと目指していたものが獲得できるわけではない。時には人は「まだまだだな」と考えるかもしれない。時には、最良のものに最悪のものが伴って現れ、そのためによいものがもっとよく見えたりすることもある。まるで最悪こそが最良を生み出すのに必要だとでも言うかのように。また、最も輝いていたものが急激に最も暗いものに変化して面食らうこともある。旅行者が先入観のために、そのどちらかの面にしか気づかない、ということはよくあることだ。ソ連の味方をする人たちが、悪い面を見たがらない、あるいは少なくともそれを認めようとしないということは、ありすぎるくらいよくある。そのために、ソ連について本当のことは嫌悪をこめて口にされ、嘘偽りが愛をこめて口にされる、ということが嫌というほど繰り返されるのである。

ところで、私の精神はどうか。私の精神は、私が常に称賛し続けたいと思っている人たちに対して、最も厳しい目を向ける、というふうにできているのである。褒めちぎるだけでは本当の愛情とは言えない。嘘偽りや手加減なしに語ることが、ソ連に対して、そしてソ連が具現してくれている大義に対して、より大きな貢献をすることになると、私は考えている。ソヴィエトへの私の称賛の念、ソヴィエトがすでに成し遂げた偉業に対する私の称賛の念、それがあるからこそ、私の批判もまた湧き上がってくるのである。さらに言えば、私たちがまだソ連に期待するからこそ、何よりもソ連がまだ私たちに何かを期待させてくれるからこそ、私は批判するのである。

ソ連が私たちにとって何であったか、誰か言える者があるだろうか。望んで選んだ第二の祖国というだけでは足りない。一つの模範、一つの指針だったのだ。私たちが夢見ていたもの、高望みと知りつつも、それでも私たちの意志が全力を挙げてそこへ向かおうとしていたもの、それがかの地では実現されていたのだ。ユートピアがまさに現実のものになろうとしていた土地、それがかの国だったのだ。すでに途方もなく大きなことが実現されていたために、私たちの心はなお一層多くを求める要求で膨れ上がっていた。最も困難なことはすでに成し遂げられていた――ように見えた――ために、私たちは、苦しみにあえぐすべての民衆の名のもとにソ連とともに推し進めると誓ったあの企ての中に、あの冒険に、意気揚々と乗り出していったのである。もし失敗したら、私たちもまたどれほどその失敗に責任があると思うことだろう。いやしかし、失敗など考えることすら許されない。

もしいくつかの暗黙の約束が果たされなかったのだとしたら、非難されるべきは何だったのだろう。最初の指導方針にその責を負わせるべきだったのか。それとも、その後起こった当初の方針からの逸脱や違反、妥協のせいだったのか――たとえその妥協がどれほど正当な理由のあるものだったとしても……。

私がここに披瀝《ひれき》するのは、ソヴィエト社会主義共和国連邦が、正当な誇りをもって進んで見せようとするものについての、そしてそれとは別に私が実際に見ることができたものについての、私の個人的な考察の数々である。ソ連が成し遂げたものは、たいていの場合、素晴らしいものである。いくつかの地域では、すでにすっかり幸福に包まれて晴れやかな様相を呈している。コンゴを旅行したとき、私は為政者たちの用意した車を離れて、誰かれかまわずさまざまな人々と交流し、直接見聞を広めようとした。その私の態度を支持してくれた人たちならば、私がソ連でも同じことを心がけ、彼らが見せようとする輝かしい成果に幻惑されっぱなしではなかったことを、きっと非難したりはしないだろう。

私のこの本が、その見かけ上、敵対する党派――「秩序を愛する気持ちと独裁的支配への欲求とをはき違えている」[3]者たち――に利用されてしまうかもしれない、ということは私も認める。だからこそ私は、もし自分の信念が揺るがぬものでなかったら、この本を出版することを、いや書くことをすら思いとどまったかもしれないのだ。しかし私は確信している。一つには、ソ連が最終的には私が指摘するいくつかの深刻な過ちを克服しおおせるだろうということを。そしてもう一つには——こちらがより重要なのだが——ある一国が独自に間違いを犯したからと言って、それだけで、国際的で普遍的な大義の真実が歪《ゆが》められるわけではないということを。嘘は、たとえ沈黙という嘘であったとしても、時には都合のよいものに見えることがあるし、嘘を頑迷に貫き通すことが都合のいいこともある。だがそれは敵に絶好の機会を与えることにもなるのだ。それに対して、真実は、たとえ痛みを伴うとしても、癒やすためにしか傷つけないものなのである。

3　〔原注〕トクヴィル『アメリカの民主主義について』より。

建設現場や工場で、あるいは「休息の家」で、公園で、または「文化公園」で、私は労働者たちと直接触れ合い、深い喜びを味わうことができた。この新しい同志たちに囲まれて、私はすぐに友情の絆が結ばれるのを感じた。私の心は希望で膨らみ、花開いた。向こうで撮られた私の写真が、どれもフランスではあまり見られないほどにこやかで、笑ってさえいるのも、そのためである。向こうにいるとき、一体何度私は、歓喜のあまり、優しさと愛に満ちた涙を目に浮かべたことだろう。たとえば、ソチ［黒海に面する港湾・保養都市］にほど近いドンバスの鉱山労働者たちと出会ったあの「休息の家」でのこと……。そう、あそこには型にはまった儀礼だとか、作ったようなわざとらしさは何一つなかった。私は突然ある夜、そこに辿《たど》り着いたのだ。私が来ることを知らされていない人たちのあいだに。しかし、すぐに私は彼らと打ち解けることができたのである。

それからあのボルジョミの近くにある子どもたちのキャンプへの不意の訪問はどうだろう。キャンプ場はほとんどみすぼらしいと言っていいほど質素だったが、しかし子どもたちは幸せと健康に光り輝き、その喜びを私にも分かち与えたがっているように見えた。一体何を語ればいいのだろう。あんなに深くあんなに素朴な感動を言い表すには、言葉は無力だ……。だがもちろん語るべきは彼らのことだけではない。ほかにも多くの語るべき人々がいる。グルジア［現ジョージア］の詩人たち、知識人たち、学生たち、そしてとりわけ労働者たち。私は彼らの多くに強い愛情を抱き、そして彼らの言語をまったく話せないことをずっと嘆き続けた。とはいえ、彼らの微笑《ほほえ》み、彼らのまなざしには、すでにこの上なく雄弁な愛情が読み取れたから、たとえ言葉があったとしても、そこにどれほどのものが付け加えられたかは疑問だとも思う。向こうにいるとき、私はどこでも一人の友人として紹介されたということは言っておかねばならない。誰のまなざしにも一種の感謝の念が表れていた。私はその感謝になおいっそうよく報いたいと思う。その気持ちが、私が今こうして口を開くのを後押ししてくれるのである。

人が何よりも進んで見せてくれるのは、一番成功した事柄である。それは言うまでもない、ごく当たり前のことだ。けれども私たちは何度も予定外に村の学校や子どもたちが遊ぶ庭やクラブ活動の輪の中に入っていくことがあった。向こうとしては決して私たちに見せようとは考えていなかったところであり、また、ほかのどことも何ら変わるところのないごく普通の施設だったろうと思う。しかるに、私が最も感嘆したのは、これらの場所だったのである。その理由というのは、まさしくそこでは何一つあらかじめ人に見せるために準備されてはいなかったからなのだ。

私が見た共産少年団《ピオネール》キャンプのどこでも、子どもたちは美しく、栄養が行き届いており（一日五食）、身なりもよく、過保護なほどで、はつらつとしていた。彼らのまなざしは澄んでいて、自信に溢《あふ》れていた。彼らの笑いには、いじけたところも意地の悪さもなかった。よそ者としての私たちは、彼らにはちょっと滑稽《こっけい》に見えることもあったかもしれない。だが、彼らのうちの誰一人として、ほんの一瞬でも、私たちをバカにしているような様子を見せた者はいなかった。

これとまったく同じ、はじけるような幸福の表情を、私たちはもう少し年上の者たちの顔にもよく見ることになった。彼らもまた美しく、活発だった。夜、一日の仕事を終えた彼らが集まる「文化公園」は、紛れもない成功例の一つである。特にモスクワの「文化公園」は。

私はよくそこに足を運んだ。そこは人が楽しむ場所である。ルナ・パーク[4]が巨大になったものと言えばいいだろうか。門をくぐると、そこはもう別世界だ。男女入り交じった、その若者たちの群衆の中にあるのは、どこを見てもひたすら真面目さと礼儀正しさである。愚かな悪ふざけや俗っぽい冗談、卑猥《ひわい》な話やきわどい言動など微塵《みじん》もない。男女がイチャイチャしていることすらない。どこでもここでも、喜びに満ちた熱気のようなものが人々を包んでいる。こちらではゲームに興じている人々がおり、あちらではダンスを楽しんでいる人々がいる。たいてい男性か女性の司会役がいて、その場を仕切り、調整している。そうして何もかもが完璧な秩序でもって進むのである。大きな踊りの輪が作られ、誰でも参加しようと思えばできる。しかし見物人の方

4　一九〇九年から四八年までパリのポルト・マイヨにあった遊園地。

が、踊っている者の数よりもいつもはるかに多い。それからポピュラーソングの演奏やダンスが始まる。たいていアコーディオン一つのシンプルな伴奏だ。こちらでは、囲われてはいるが自由に入れる空間で、アマチュアたちがさまざまなアクロバットを演じている。コーチが一人いて、危険を伴う「宙返り」を見守り、アドバイスを与え、指導している。遠くの方では、器械体操の器具があり、人々が辛抱強く順番を待っている。みんなトレーニングをしている人たちである。バレーボールのコートになっている広い空間もある。私は運動する人たちのがっしりとした体、そのしなやかさや美しさをいつまでも飽かず眺めていた。もっと向こうの方では、静かなゲームが繰り広げられている。チェスやチェッカーのほか、熟練や忍耐を必要とする細かいゲームがたくさんあり、なかには私の知らない極めて複雑そうなゲームもある。力強さや柔軟性、敏捷性《びんしょうせい》を競うような、私がこれまでどこでも見たことがないゲームも数多くあったが、そのうちのいくつかは、私たちの国で紹介すれば、きっと大成功するに違いない。とにかく何時間でも過ごしていられるような設備がそろっている。大人たちのための楽しみもあれば、子どもたちのための楽しみもある。ほんの小さな幼児たちのためにはまた別の区画が用意されている。そこには小さな家やミニトレイン、小さな船や小さな自動車など、幼児らの身の丈に合った遊び道具がたくさんそなえられている。ボードゲーム・ゾーン（そこにはいつもたくさんの愛好家たちがいて、時には空いているテーブルを見つけるのに長い時間待たなければならないほどだ）に続く広い遊歩道には、木の看板があり、クイズやなぞなぞなどが掲げられている。そして、もう一度言うが、これらすべてのものに、まったく野卑なところがないのである。そこにいる大勢の人たち、みな一分《いちぶ》の隙もない身なりをしたこの群衆からは、名誉と尊厳と礼儀正しさがにじみ出ていた。むろん強制など一切なく、まったく自然に、である。集まっている人々は、子ども以外は、ほぼ全員が労働者からなっている。彼らはそこに来てスポーツのトレーニングをしたり、休んだり、楽しんだり、あるいは学んだりするのである（というのも、そこには読書室や講義室、映画館や図書館などもあるからだ）。モスクワ川のほとりにはプールもある。この広大な公園のあちらこちらでは、ごく小さな演壇が作られ、誰でも即興の教師になって長広舌をふるっている。いろいろな物事についての講義である。歴史や地理についてボードを使って説明したり、はたまた実用的な医学や生理学を、解剖学の図を何枚も使って解説している者もいる。みんな大変真面目に耳を傾けている。すでに言ったとおり、からかおうとかバカにしようといった素振りはどこでもまったく見かけたことがない。

だが、もっと素晴らしい例を挙げよう。小さな野外劇場があった。屋外のその場所で五百人ほどの聴衆がすし詰めになって（空席は一つもなかった）、宗教的な沈黙の中で、一人の俳優がプーシキン（『エヴゲーニイ・オネーギン』の一節）を朗誦《ろうしょう》するのを聴いているのだ。あるいはまた、入り口近くの公園の一角に、パラシュートの遊技場があった。パラシュートは向こうではとても盛んに行われているスポーツである。二分おきに、三つあるパラシュートのうち一つが、四十メートルの塔の上から切り離されて、その都度違う人を乗せては、やや乱暴に地面に着地する。さあ！　スリルを味わいたい人は誰かな？　みんながどっと押し寄せる。行列を作って、自分の順番を待つ。さらに緑に囲まれた広い舞台がある。それについてはもう長々と言うまい。そこで開かれる公演のいくつかは二万人近い観客を集めるのである。

モスクワの文化公園は最も広く、最も充実した多種多様なアトラクションをそなえた施設である。一方、最も美しいのはレニングラードの文化公園だ。だが今ではソ連のどの都市にもそれぞれの文化公園があり、さらに複数の児童公園もある。

言うまでもないが、私はいくつかの工場も見学した。そうした工場がうまく機能しているからこそソヴィエト全体のゆとりと喜びが生まれているのだということは私もよく知っているし、いつも肝に銘じている。だが、私にはそれを専門的な知識をもってきちんと語る能力はない。それはほかの人の仕事だ。私はただその人たちが称賛していることを伝えるのみとしよう。私の領分は心理的な問題だけである。私がここで取り上げたいのは、とりわけそのことであり、ほぼそれだけである。社会的な問題を間接的に取り上げることがあるとしても、常に心理的な観点に身を置いてそうすることになるだろう。

年をとるにつれ、私はあまり風景に興味を持たなくなった。それがどれほど美しいものであろうと、若い頃に比べるとはるかに興味が薄れたのである。だが人間に対する興味は、年を経るごとにますます強くなる一方だ。ソヴィエト連邦の民衆は素晴ら

5　〔原注〕後になって友人Xにそのことを言ったら、彼は「で、君はそれがいいことだと思うんだね」と叫んだ。「からかい、皮肉、批判、すべて根は一緒だよ。からかうことのできない子どもはやがて何でも鵜呑《うの》みにする従順な大人になるだろう。そういう人を君はバカにして『順応主義』と批判するんじゃないのかね。僕は何でも揶揄《やゆ》したがるフランス人の気質を支持するよ。たとえその揶揄が僕に対して向けられたとしてもね」

しい。グルジア、カヘティ、アブハジア、ウクライナ（私が実際に見たところだけに限る）、さらに、レニングラードの民衆とクリミアの民衆は、なおいっそう私の好みだ。

私は赤の広場で行われたモスクワの若者たちの祭りにも参加した。クレムリンに面した建物は横断幕と木々の緑によってその醜さを隠していた。何もかもが壮観で、しかも（ここでぜひともこの言葉を使っておきたい、というのも、これ以後いつもそう言えるわけではないからだ）センスのよさも完璧だった。北からも南からも東からも西からも惚《ほ》れ惚《ぼ》れするほど立派な若者たちがやってきて、パレードをしていた。行進は何時間も続いた。これほど美しいスペクタクルを私は想像すらしたことがなかった。もちろん、この完璧な若者たちは、あらかじめ訓練され、選ばれた者たちだったが、それにしても、こういう人々を生み出すことのできる国や体制をどうして称賛しないでいられるだろうか。

赤の広場はその前にも見ていた。数日前のゴーリキーの葬儀のときである。ロシアの民衆を私はすでに見ていたのだ。けれども、この同じ民衆がそのときはまったく違っていた。むしろ、私の想像だが、帝政時代のロシアの民衆に似ていたのではないかと思う。ゴーリキーの棺《ひつぎ》の置かれた祭壇の前で、広い柱の間を、長々と、いつ果てるともなく行進していたあのときの民衆は、ソヴィエト人民を代表する最も美しく、最も力強く、最も晴れやかな人々ではなかった。そうではなく、痛ましげで、女性や子ども、ときには老人をも含む「そこいらの人」だった。ほとんどみな身なりが貧しく、哀れにも見える人々だった。静かで、陰鬱《いんうつ》で、内省に沈んだ行進だった。過去からやってきたように見えたその行進は、完璧な規律の中で、確かにもう一方の行進、栄光に満ちた行進よりもはるかに長く続いた。私自身、それをとても長い間じっと眺めていたのだ。あのすべての人たちにとって、ゴーリキーとは何だったのか。私にはわからない。大芸術家か、同志か、兄弟か……。いずれにせよ、誰か大切な人が死んだのだ。あの人たちの顔には、ごく幼い子どもの顔にでさえも、一種の打ちひしがれた驚きといったものが読み取れた。同時に、輝かしい共感の力もまた何よりも強く読み取れた。そこには肉体的な美は確かに存在しなかった。だが私の目の前を通り過ぎる数多くの貧しい人々は、私の目に、美よりもなおいっそう称賛すべき何かを差し出してくれていた。あの中のどれほど多くの人を、私はこの胸に抱きしめたかったことだろう！

ソ連以外のほかのどんな場所であっても、誰彼構わずあらゆる人との触れ合いがこれほどやすやすと、即座に、深く、熱烈に、叶《かな》えられることはない。ここではたちまち——ときにはまなざし一つで——激しい共感の絆が結ばれるのだ。そう、ソ連をおいてほかのどんな場所でも、これほど深く、これほど強く、人類というものを感じさせてくれるところはあるまいと私は思う。言語の違いにもかかわらず、私はかつて、ほかのどこでも、これほどたくさんの同志と兄弟に囲まれていると感じたことはなかった。この体験のためなら、私は世界で最も美しい風景と引き換えにしたって惜しいと思わないだろう。

とはいえ、風景についても私は話すつもりだ。しかし、まずは〈コムソモール〉[6]の一団と初めて出会ったときのことを語りたい。

それはモスクワからオルジョニキーゼ（旧ウラジカフカス）[7]に向かう列車の中でのことだった。道のりは長かった。ソヴィエト作家同盟の名において、ミハイル・コリツォフ[8]が私たちのために大変快適な特別車両を用意してくれた。私たち六人はそこで思いがけなくも気持ちよく過ごすことができた。六人というのは、ジェフ・ラスト[9]、

ギユー[10]、エルバール[11]、シフラン[12]、ダビ、そして私である。ほかに通訳兼ガイドとして、

6　〔原注〕共産党青年団。

7　現ロシア連邦・北オセチア共和国の首都。この当時ボリシェビキの革命家の名をとってオルジョニキーゼと呼ばれていた。現在はまた旧名のウラジカフカスに戻っている。

8　ミハイル・コリッォフ（一八九八―一九四二）。ジッドたち一行の接待役で、ソヴィエト作家同盟に属する作家・ジャーナリスト。この当時は『プラウダ』の編集・執筆に携わっていたが、後に自身も粛清の対象となり、一九三八年に逮捕された。死後五六年に名誉を回復。

9　ジェフ・ラスト（一八九八―一九七二）。オランダの詩人、作家。革命社会党（オランダ）の党員。ジッドとは一九三四年、革命作家芸術家協会の活動を通じて知り合った。スペイン内戦にも参加し、共和派を支援した。

10　ルイ・ギユー（一八九九―一九八〇）。フランスの小説家。ポピュリスムの傾向の強い作品を書き、労働者や民衆の姿を描いた。代表作に『黒い血』（一九三五）など。

11　ピエール・エルバール（一九〇三―七四）。フランスの小説家、ジャーナリスト。一九三五年の末からソ連に滞在し、ポール・ニザンの後を継いで『国際文学』の編集長を務めた。

12　ジャック・シフラン（一八九四―一九五〇）。帝政ロシア時代のバクー（アゼルバイジャン）生まれのフランスの出版人、翻訳家（露―仏）。自ら起こした出版社で、現在はガリマール社のものとなっている「プレイヤード叢書」を始めたことで有名。

とても献身的な同志のボラ女史がいた。寝台つきのコンパートメントのほかにサロンまであり、そこで私たちに食事が供されるのであった。これ以上ない待遇である。しかし、私たちが不満だったのは、列車のほかの乗客たちと交流できないことであった。旅の初めの頃、いくつかの駅に止まったが、そのたびに私たちはホームに降りてみた。そして隣の客車にことのほか感じのよい一団がいることに気がついたのである。それは休暇中のコムソモールの青年たちで、カズベク山の登攀《とうはん》を目指してカフカス[13]に向かっているということだった。私たちはやっとのことで客車と客車を隔てている扉を開けさせることに成功し、その後ほどなくこの魅力的な隣人たちと交流することができた。私は細かな技巧を競うような小さなゲームをパリからたくさん持ってきていた。それらはソ連で知られているのとはだいぶ違ったものだった。こういうものは、時に言葉が通じない相手と親しくなるのに役立ってくれる。手から手へとゲームが渡された。若い男も若い女もそれに夢中になり、ゲームの中で出会う難所をすべて克服するまではやめようとしなかった。「コムソモールの団員は決して負けたままでは終わらないのです」と彼らは笑って私たちに言った。彼らの車両はひどく狭かった。おまけにその日はひどく暑かった。みんな体をくっつけ合っていて、窮屈だった。しかし、それがまたとても心地よかった。

彼らのうちの多くの者にとって、私が無名ではなかったことは、付け加えておかなければならない。何人かは私の本を読んでいたし（たいてい『コンゴ紀行』だった）、ゴーリキーの葬儀のとき赤の広場で演説したために、どの新聞にも私の顔写真が掲載されていたので、彼らにはすぐに私が誰かわかったのだ。私が彼らに関心を寄せていることに、彼らはいたく感激している様子だった。だが私自身も、彼らの共感と好意に接して、それ以上に感激していたのだ。しばらくして大議論が始まった。ロシア語がよくわかり、話すこともできるジェフ・ラストが私たちに説明してくれた。若者たちは、私がもたらした数々の小さなゲームをとても魅力的だと思っている。しかし、アンドレ・ジッドともあろう人がそんなもので遊ぶのは果たしてふさわしいことであろうか、というのである。ジェフ・ラストは、こういう小さな気晴らしがジッドの脳

13　コーカサスともいう。黒海とカスピ海に挟まれた地域で、現ジョージアとの国境の近く。この少し後に出てくるカヘティ、バトゥミ、ボルジョミ、バクリアニはすべて現在はジョージアの領土内にある地名。

髄を休ませるのだという主張を展開したらしい。というのも、真のコムソモールは、常に奉仕を基準にものを考える傾向があり、どういう有用性があるかでもってあらゆることを判断するからである。ああ！　もちろんこういう議論には衒学《げんがく》趣味的なところなど一切なく、絶えず笑いによって中断されたのであって、この議論自体もまた一つの遊びだったのだ。しかし、彼らの車両では空気がやや不足気味で息苦しいため、私たちは十数人の若者を自分たちの車両に誘った。そこで夜更けまで歌を歌ったり、さらにはサロンの広さが許す限りで大衆的なダンスを踊ったりしたのである。この夜の集いは、私と私の同行者たちにとって、今回の旅の最良の思い出の一つであり続けるだろう。私たちはみな口々に疑問を発したものだ。もしほかの国だったら、こんなに瞬く間に、こんなに自然な真心に触れることができるだろうか、もしほかの国だったら、若者たちがこんなにも魅力的だろうかと。[14]

先ほど私は、風景には前ほど興味を持たなくなってきた、と言った。しかし、カフカスの森の美しさについては書いておきたいと思う。カヘティの入り口にある森やバトゥミの周辺にある森、そして特にボルジョミに近いバクリアニの森……。これほど美しい森を、私はほかに知らない。想像もできない。視界を遮る低木林が一切なく、巨大な木々の幹がすっかり見渡せ、その森を神秘的な空き地がところどころ切り裂いている。そこでは日が終わるよりも早く夕闇が落ちる。迷子になった親指小僧［ペローの童話に出てくる小人の主人公］が今にも現れそうだ。私たちはこの奇跡のような森を通り抜けて、山の中の湖を訪れた。向こうの人が言うには、今までここに外国人が来たことは一度もなく、私たちは栄光ある最初の訪問者だとのことだった。だが、たとえそうでなかったとしても、そこを見事だと思う私の気持ちに何の変わりもなかっただろう。木々のないその湖のほとりには、一年のうち九カ月は雪に埋もれているという不思議な村（タバツクリ）があった。この小さな村をここで描写できたらどんなに楽しいだろう……。ああ！　どうして私は単なる観光客として、あるいは

14　〔原注〕若者でいる時代が長いということも、私がソヴィエトで気に入っていることの一つである。特にフランスでは（いや、ラテン系の国はどこも）、これが非常に珍しい。若者は未来の可能性に満ちているものである。ところが、わが国の若者は早くから可能性を信じることをやめてしまう。十四歳でもうすっかり固まってしまうのだ。人生を前にした驚きがもうその顔には読み取れなくなり、素朴さのかけらも見られなくなる。子どもはほとんどすぐに〈年の若い大人〉になるのである。遊びの時間はおしまいというわけだ。

博物学の愛好家《ナチュラリスト》として、ここに来たのではないのだろう！　ここでたくさんの新種の植物を発見したり、私の家の庭にもある「カフカスのマツムシソウ」を高原に見つけたりして感激に浸ることができないのだろう。だが、私がソ連に来たのはそのためではないのだ。私にとって大事なのは人間であり、人類なのである。人間をどう導くべきか、人間はどう導かれてきたのか、なのである。私を惹《ひ》きつける森、恐ろしく鬱蒼《うっそう》としていて、私を迷わせる森、それは社会問題という森だ。ソヴィエトではこの社会問題があらゆる方向から押し寄せ、われわれを圧迫し、われわれに訴えかけるのである。

Ⅱ

レニングラードでは、新市街はほとんど見なかった。この土地で私が最も賛嘆したのは、その中心都市サンクトペテルブルクである。これより美しい都市を私はほかに知らない。石と金属[15]と水がこれほど見事に調和した都市をほかに見たことがない。プーシキンやボードレールが夢見たのはこんな都市だったのではないだろうか。時にはまたキリコの絵画を思い出させもする。記念建造物はどれも完璧な均整を保っていて、まるでモーツァルトの交響曲のテーマのようだ。「彼処《かしこ》では、すべてがただ秩序《ととのい》と美しさ[16]」。精神はそこではゆったりと心地よく動く。

あの素晴らしいエルミタージュ美術館について話す気には、どうもなれない。それ

15　〔原注〕銅の丸天井と金の尖塔。

について私に何が言えるとしても、ことごとく不十分にしか思えないだろうからだ。けれども、その知的な熱意だけは、ここで称賛しておきたい。一枚の絵画の周りに、私たちの参考になるよう、その同じ画家の手になる習作や素描《エスキース》、下描き《クロッキー》などを、できるかぎり集めて配置してくれているのである。そのおかげで、作品がゆっくりと形をとる過程を知ることができるのだ。

レニングラードから戻ってくると、モスクワの醜悪さがより一層際立って感じられる。精神が圧迫され、鬱々《うつうつ》とさせられるほどだ。ごくわずかな例外を除いて、建物はみな醜く（最新の近代建築に限った話ではない）、それぞれ互いにまったく調和していない。モスクワが形成途上の都市であり、月ごとに変容し続けていることはよく知っている。どこを見てもそれは明らかだし、いたるところで生成の息吹を感じることができる。しかし、出発の仕方を間違ってしまったのではないかという思いがどうしても拭えない。削り取り、えぐり、倒し、消し去る。そして再建する。だが、それらがすべて行き当たりばったりのように思えるのである。それでも、モスクワは、その醜さにもかかわらず、依然として飛び抜けて魅惑的な都市であることには変わりがない。この街は力強く生きている。家や建物を見るのはやめよう。ここで私の興味を引くものは、群衆なのだ。

夏のあいだは、ほとんどすべての人が白い服を着ている。だから誰も彼もが似通って見える。モスクワの街なかほど、社会階層の平均化がもたらす帰結が目に見えてわかるところは、ほかのどこにもないだろう。構成メンバーの誰もが同じものを望んでいるように見える階級のない社会である。私はいささか誇張しているが、ほんの少しだけだ。驚くべき画一性がその服装の隅々にまで表れている。おそらく精神についても同様なのではないだろうか。もしそれが見られさえすれば、の話だが。そしてそのために誰もがみな陽気で楽しそうに見えるのだ（あまりにも長いあいだ、ものがまったくない時代が続いたので、みんなほんのわずかなもので満足するのである。隣人が自分よりもたくさん持っていさえしなければ、人は自分の持っているもので満足するものだ）。違いが見えてくるのは、じっくりと時間をかけて吟味した後に過ぎない。一見しただけだと、ここでは個人は集団の中に溶け込んでいて、ほとんど個別性を

16　シャルル・ボードレールの詩「旅への誘《いざな》い」（『悪の華』所収）の一節。なお、ここでの訳文は阿部良雄訳（『ボードレール全詩集1』ちくま文庫）に拠った。

持っていないので、人々について話そうと思うと、複数形ではなく、部分冠詞を使わなければならないような気になってしまう。すなわち、des hommes［人間たち］ではなく、de l'homme［人間］と言ってしまいそうになるのである。[17]

この群衆の中、そのただ中に私は身を沈める。私は人間に沐浴《ゆあみ》する。[18]

この人たちは何をしているのだろう。この店の前で。彼らは列を作っているのだ。次の通りにまで延びる列を。二百人から三百人はいる。とても静かに辛抱強く待っている。まだ朝は早く、店は開いていない。四、五十分後に、私はその前をもう一度通る。同じ群衆がまだそこにいる。私は驚く。開店前に来てどうするのだろう。一体何の得があるのだろう。

「何の得があるのかだって？　最初に来た人しか、ものにありつけないんだよ」

誰かが私に説明してくれる。新聞に何だったかが大量入荷したとの告知があったらしい（確かその日はクッションだったと思う）。おそらく四百か五百の商品があり、それに対して八百から千、あるいは千五百人ぐらいが並ぶ。日が暮れるずっと前に全部なくなってしまう。必要とする人の数はあまりにも多く、これからまだかなり長い間、需要が供給を上回るだろう。はるかに上回るだろう。必要を満たすには全然足りないのだ。

何時間か経《た》ってから、私はその店に入ってみる。店は広大である。中は信じられないほど混雑している。だというのに、売り子たちは慌てふためいてもいない。というのも、彼らの周りにいる客たちに、ちっともいらいらした様子が見えないからだ。みんな座っているか立っているかして、おとなしく自分の順番を待っている。時々、子どもを抱いている人も見える。整理番号もなく、それでいてまったく混乱がない。みんな、もし必要とあらば、そこで午前中いっぱいでも一日中でも待っているのだろう。外から入ってきた者にとっては最初息苦しくさえ思われたほどの空気の中で。けれども、やがてその空気にも慣れてしまう。どんなものにも慣れてしまうように。私は今

17　部分冠詞とは、液体や抽象名詞など、一つ二つと数で数えるのがふさわしくないようなものに用いられるフランス語の冠詞の一つ。複数形（人間たち）なら人間を一人ずつ個体として数えていることになるが、部分冠詞だと人類全体を一つの塊と見て、それを構成する部分としての人間、というニュアンスになる。

18　ボードレールの詩「群衆」（『パリの憂鬱』所収）の「群衆に沐浴《ゆあみ》する」という表現を踏まえたものと思われる。

こう書くところだった。諦めてしまうように、と。だが、ロシアの民衆は諦めているというよりは、はるかにましな状態だ。待つことを楽しんでいるのだ。そして、人々を心ゆくまで待たせているのだ。

群衆をかき分け、あるいは群衆に運ばれるようにして、私は隅から隅まで店を見て回った。商品はごくわずかな例外を除いて、どれもげんなりするほど粗悪だった。人々の欲望を抑えるために、布地にせよ、物品にせよ、できるだけ魅力的にならないようにしているのではないか、とさえ思われるほどである。そうやって人々が贅沢心《ぜいたくしん》からではなく、本当に必要があるときにしか買わないようにしているのではないだろうか。できれば友人たちに何かしら「おみやげ」を買っていきたいと思ったが、どれもこれもひどすぎた。しかしながら、聞くところによると、数カ月前から大いなる努力が始まっているのだという。つまり品質向上のための努力である。そう言われてみると確かに、それなりの時間を費やしてよく探してみれば、あちらこちらになかなか心地よい、未来への希望を抱かせるような最新の小物類などが見つかる。しかし、質を気にするためには、まずは量が十分になくてはならない。そして長い間、それは十分ではなかったのである。最近になってようやくましになってきたのだ。だがまだまだである。それでも、ソヴィエトの民衆は提供される新商品にはことごとく飛びつくらしい。たとえわれわれ西洋人の目から見れば汚く思われるようなものであっても。いずれ生産力が強化されれば、選別がなされ、よいものが残り、質の低い製品は徐々に淘汰《とうた》されていくだろう。少なくとも私はそう願っている。この方面ではまだまだ質の向上へのこの努力は、とりわけ食料品に注がれている。この方面ではまだまだ努力が必要だからだ。しかし、私たちが食品の質の悪さを嘆く傍らで、すでにこれがソ連への四度目の旅となるジェフ・ラストは——しかも前回の滞在はもう二年前に遡る——逆に、ここ最近の目覚ましい進歩に驚嘆しきりであった。それでも、特に野菜や果物は、品質が悪いとは言わないまでも、ごく一部の例外を除いて、月並みのものでしかなかった。ここでは、ほかのどこでもそうだが、極上品は通常品に場所を譲らねばならない。つまり最も豊富にあるものが他を駆逐するのである。たとえば、メロンは驚くほど大量にあるのだが、まったく味気がない。無遠慮なペルシャの諺《ことわざ》にこんなのがあるが——私はこれを英語でしか聞いたことがなく、英語でしか引きたくないが——「女とは義務で、少年とは快楽のために、メロンは最高の喜びのために」[19]は、ここでは意味をなさない。ワインはたいていうまい（とりわけカヘティ［ジョージア東部の州］で飲んだツィナンダリ［カヘティ州の村］の地酒は最高だった）。ビールはうまくはないが、まあまあ飲める。魚の燻製（レニングラードの）にはとびきりうまいものがある。ただ輸送には耐えられない。

必要なものも調わないうちは、贅沢品にまではとても手が回らない。ソヴィエトでこれまで美食に大した進歩がなかった、あるいは最近になってようやく進歩し始めたのは、大量の食欲が未《いま》だにきちんと満たされていなかったからなのだ。

そもそも趣味というのは、比較が可能になって初めて洗練されていくものだ。そして、今までは選択の余地がなかったのである。「Xの方がいい服を置いている」というたことがなかった。ここでは、与えられたものを好むしかなかったのである。それを取るか、あるいはやめるか、二つに一つだった。国家が、同時に製造者であり、買い手であり、売り手である以上、品質の向上は文化の向上に比例するしかない。

だから私は（自分の反資本主義的な立場はわきに置いて）大事業家から小さな商店主まで、誰もがみんな悩み、そして創意工夫しているフランスの人々に思いを馳《は》せずにはいられない。大衆の趣味に合わせるにはどんなものを作ればよいのか、ライバルを押しのけるような、磨き抜いた製品を作るために、どんな細かなアイディアを絞り出せばよいのか、フランスでは一人一人がしのぎを削っているのだ！　だが国家が商売をするとなると、そんなものには一切構わない。国家にはライバルがいないからだ。品質？――「競争相手がいないのに、そんなことを気にして何になる」という返事が返ってくるだけだ。だから、ソ連ではどんなものでも品質が劣悪なのだ。簡単なことである。そしてそれは大衆の趣味のなさも説明してくれる。たとえ「趣味」があったところで、それを満足させることはできないだろう。そう、だから進歩が成るかどうかは、もはや競争が存在するかどうかではなく、今後、民衆の側からよりよいものを望む声が起こってくるかどうかにかかっているのだが、そうした民衆の要求は、文化によって徐々に発展させられてくるものなのである。フランスではどんなこともお

19　原文英語（Women for duty, boys for pleasure, melons for delight）。この諺の詳細は不明だが、異性愛よりも少年愛の方が愉悦をもたらし、さらにメロンも最高の楽しみだと言っているように読める。ジッドが「英語でしか引きたくない」（実際フランス語にはこの諺はないようだ）と書いているのは、少年愛を称揚する言葉であるからだろうか。いずれにせよここでジッドが同性愛の影をちらつかせているのは興味深い。

そらくもっと早く進むだろう。なぜなら、気難しい民衆の要求がすでに存在しているからだ。

とはいえ、このことも言っておきたい。ソヴィエト連邦の国々は、かつてそれぞれの民衆芸術を持っていた。それはどうなったか。平等主義の大きな傾向のために、長い間それはなかったことにされてきた。だが、そうした地方の芸術が今、再び注目され始めているのである。そうした芸術は保護され、再建されている。そのかけがえのない価値が理解されているようなのだ。たとえば、生地の模様染めなどで、古い意匠を復活させ、それらを一般大衆に提供することは、なかなか賢明な方針だとは言えないだろうか。当今の製造品といえば、愚かなまでにブルジョワ的で、これほどプチ・ブルジョワ的なものがほかにあるだろうかと思われるほどだ。モスクワの商店の陳列棚にはまったく呆《あき》れてしまう。しかし、それに比べて、型板《ステンシル》で染められた昔の織地はとても美しかった。それこそ民衆芸術だったのだ。そして高度な技術を要する職人芸でもあった。

モスクワの民衆の話に戻ろう。最初に驚かされるのは、そのやる気のなさである。

怠惰、とまで言ってしまうと、おそらく言いすぎだろうが……。しかし、「スタハーノフ運動」[20]は、この無気力さに活を入れるために編み出された妙手だったのだ（昔なら鞭打《むちう》ちの刑があった）。労働者がみんなよく働く国では、スタハーノフ運動など必要ないだろう。しかし、かの国では、彼らの自主性に任せてしまうと、たいていは途端にくつろいでしまう。それにもかかわらず、なされるべきことはすべてなされるのだから驚きである。指導者たちがどんな努力をしているのかは、想像にあまりある。ロシアの民の自然な「生産高」がどれほど少ないかをまず味わったものでなければ、この努力の膨大さはよく理解できないだろう。

私たちが訪れた工場の一つは、素晴らしくよく機能していた（と言っても私はズブの素人《しろうと》である。私はただ頭から信用して機械類を賛嘆して眺めただけだ。しかし、食堂や労働者たちのクラブや彼らの宿舎、とにかく彼らの福利厚生のために作られたあらゆるものを見て、私は率直に感激したのである）。そこで私は一人のスタハーノフ

20　ソ連で一九三五年に始まった労働生産性向上運動。ドンバスの炭鉱労働者だったアレクセイ・スタハーノフがノルマの十四倍の石炭を採掘したことをきっかけとして始められた。

的な労働者——その人物の巨大な肖像画が壁にかかっているのに私はあらかじめ気づいていた——を紹介された。彼は五時間で八日分の仕事をしたのです、という説明があった（あるいは八時間で五日分の仕事だったかもしれないが、もう覚えていない）。そこで私はふと思いついた質問を口にしてみた。もしかしたらそれは、彼が五時間でできる仕事を初めは八日間かけていたということではないですか、と。私の質問は相当悪く取られてしまい、答えてはもらえなかった。

私はまたこんな話も聞いたことがある。ソ連を旅したフランス人の炭鉱労働者たちの一団が、ある炭鉱を訪れた際、仲間意識から、ソヴィエトの炭鉱労働者の一団に少し仕事を代わってくれないかと申し出た。すると、特に精を出したわけでも、意図したわけでもないのに、彼らはたちまちスタハーノフ運動を地で行く労働者となったというのだ。

そうすると誰でもこう考えずにはいられないだろう。もしフランス人の気質、われらが労働者たちの熱意、良心、そして教育があったなら、ソヴィエト体制は、どれほどのことを成し遂げられるだろうかと。

一方で、もう一つ付け加えておかなければ公平ではない。この灰色の単色画《グリザイユ》の背景の上に、スタハーノフ的な労働者に加え、熱気に溢《あふ》れた若者たちがいるということをである。「仕事に熱心な」[21]、こねた生地を熟成させるために必要となる、悦《よろこ》ばしい、種酵母のような若者が。

しかし、全体としてのこの無気力は、スターリンが解決しなければならなかった問題のうち最も重大で深刻なものであったし、今もなおそうである、と私には思われる。そのために「突撃労働者《ウダールニク》」[22]の制度ができたのだし、スタハーノフ運動も生まれたのだ。給与の差が再び生じたのも、このことから説明がつく。

私たちはスフミ[23]の近郊にある模範的なコルホーズ［集団農場］を訪ねた。できて六年になるという。最初は影が薄く、ぱっとしなかったが、今では最も繁栄しているところの一つである。人々はここをずばり「百万長者農場」と呼んでいる。ここではあらゆるものが喜びに満ち溢れているようである。このコルホーズはとても広い空間に

21　原文英語（keen at work）。
22　ウダールニク udarnik は、仕事熱心で生産性の高い労働者たちで構成された組織。
23　現ジョージア北西部、アブハジア自治共和国の首都。黒海に臨む港湾都市で、ソ連時代は屈指のリゾート地。

わたって広がっている。気候のよさも手伝って、たっぷりと作物も生育するようになった。住まいはどれも木造であり、高床式で地面から離れて立つその姿は魅力的で、実に絵になる。かなり大きな庭が家の周りを取り囲んでおり、果物の木や野菜、花々などがいっぱいに植えられている。このコルホーズは昨年とてつもない収穫高を記録した。おかげで大量の備蓄をすることができ、一日の仕事の賃金も十六ルーブル半に上がった。この数字はどうやって決められるのか。それは、もしこのコルホーズが資本主義社会の農業企業だったと仮定した場合に、その株主たちに分配するであろう配当金を決めるのと、正確に同じ計算によるのである。というのも、これは確実なことだが、ソヴィエト連邦内では、少数の何人かの利益のために大多数を搾取するということは、もはや起こらなくなっているからだ。これは途方もないことである。ここにはもはや株主というものがいないので、労働者たち自身（もちろんそのコルホーズの労働者たちのことである）が利益を分け合うわけだ。その際、国家に対していかなる負担金も支払う必要はない[24]。もしほかのコルホーズがなかったとしたら、これは完璧な制度だっただろう。だが、ほかにもっと貧しい、収支を合わせることができないコルホーズがある。もし私の理解が正しければ、それぞれのコルホーズは独立採算性をとっている。そして、相互に助け合うということはまったく考慮されないのである。もしかしたら私の理解は間違っているかもしれない。むしろ間違っていることを願う。[25]私はこのコルホーズの住居をいくつも訪ねてみた。とても繁栄しているということだったわけだが……。[26]まず言いたいのは、それらの住まい一つ一つの「内部」から奇

24 〔原注〕少なくとも私はそう何度も断言された。しかし私はあらゆる「情報」というものを、植民地で得られる情報と同様、それが十分に吟味されないうちは、疑わしいものとみなす。私には、このコルホーズが、他のコルホーズに課せられている総生産量の七％という負担金や、ましてや三十五から三十九ルーブルに及ぶ人頭税まで免除されるほど優遇されているとは、にわかには信じられない。

25 〔原注〕より詳しい情報は「補遺」の部に回す〔補遺Ⅵ参照〕。私はほかにももっと多くの情報を書き留めてある。しかし、数字は私の得意ではないし、経済学の専門的な問題となると、私の能力を超える。おまけに、それらの情報は確かに私が与えられたものそのままではあるけれども、それが正確であるかどうかは私には保証できない。植民地での経験から、私は「情報」を疑うことを覚えた。結局のところ、これらの問題はすでに専門家によって十分に論じられてきた。私がそれを繰り返す必要はないだろう。

26 〔原注〕他の多くのコルホーズでは個人の住居などはなく、みな共同の大寝室や「営舎」で寝ている。

妙な、哀しみを誘う印象が発散されていたことである。それは完全な没個性化の印象であった。どの家にも同じみすぼらしい家具があり、スターリンの同じ肖像画がある。そして、ほかには一切何もない。ほんのちょっとした飾りだとか、個人的な思い出の品だとかいったものは一切ない。どの住居もそのまま取り替え可能である。コルホーズの農民たちも――彼ら自身、取り替え可能に見えるが――ある家から別の家に引っ越しをしても気づかないのではないだろうか。[27] なるほど、こうすれば確かに、よりたやすく幸福が獲得される、というわけだ！ コルホーズの農民たちは自身の喜びも全部共同で味わっているということだ、とでもいったところだろうか。彼らの寝室はただ寝るための場所でしかなく、人生のあらゆる楽しみはクラブで、文化公園で、あらゆる集会の場所で起こるのだ、と。それ以上何を望むことがあるというのだ。万人の幸福は一人一人を非個人化することによってしか獲得されないのだ。万人の幸福は一人一人の犠牲によってしか獲得されないのだ。幸せになるためには、順応的《コンフォルム》であれ。

27 〔原注〕こうした人々の〈没個性〉性から、私はまたこうも推測する。共同の大寝室で寝ている人々は、確かにその狭さや一人きりになれる時間の欠如に苦しんでいるだろうが、その苦しみは、彼らの個人化が可能であった場合に比べてはるかに少なくて済んでいるだろうと。とはいえ、この没個性化——ソ連ではすべてがその方向に進んでいるように思われるが——は、果たして進歩とみなしうるものだろうか。私にはそうは思えない。

ソ連では、何についてであれ、とにかくすべてについて、一つ以上の意見があってはならない。それはあらかじめ、そして決定的に、認められている事実である。しかも、人々にとってこの体制順応主義《コンフォルミスム》は、きわめて容易で、自然で、無意識のものになっているので、彼らの精神の中に偽善が入り込んでいるとも思われないほどなのだ。本当にこの人々が革命を起こしたのだろうか。いや違う、この人々は革命の恩恵を享受しているだけだ。毎朝、『プラウダ』[28]が彼らに何を知ればよいか、何を考えればよいか、何を信じればよいか、教えてくれる。そこから出ようとしても、何もいいことはないのだ！　毎回一人のロシア人と話すたびに、まるでロシア人全体と話しているような気がするほどだ。みんながはっきりと一つのスローガンに従っている、というわけではない。ただ、何もかもが、違いが生じえないような形で按配《あんばい》されているのである。考えてみればよい。こういった精神の形成が、まだあどけない幼年時代からすでに始まっているとしたら……。外国人である君は驚くだろうが、そのために、あの異常なほどの忍従が生まれているのであり、さらにもっと驚くような、ある種の幸福の可能性も生じているのである。

君は何時間も列を作る彼らを気の毒に思うだろう。だが、彼らにとって待つことは、ごく自然なことなのだ。パンも野菜も果物も、君には質が悪く見えるだろう。だが、ほかにはないのだ。君に差し出されるあの布地や物品を、君は醜いと思うだろう。だが、ほかの選択肢はないのである。もはや戻りたくはない過去との比較以外、あらゆる比較の対象が奪われてしまえば、君だって嬉々として、自分に差し出されたもので満足するはずだ。ここで大事なことは、人々に、もっとましな将来を待つ間、さしあたって現状では最大限望み得るのと同程度に幸せだと思わせることなのであり、ほかのどこへ行こうとも、ここほど幸せではない、と思わせることなのである。外部（国境の向こうということだが）とのあらゆるコミュニケーションを注意深く遮断するこ

28　ロシア語で「真理」の意。ソ連共産党中央委員会の機関紙。

とでしか、この状態は達成されない。しかし、そのおかげでロシアの労働者は、フランスの労働者と同等の生活条件、あるいは明らかに劣った生活条件にありながら、フランスの労働者よりも自分は幸せだとみなしており、そして実際はるかに幸せなのである。彼らの幸福は、希望と信頼、そして無知からできているのだ。

こういった事柄をもう少しきちんと整理して考察することは、私には極めて難しい。それほどに、これらの問題は複雑に入り組んでいる。私は専門家ではないし、私が経済的な問題に興味を持つのは、それが人間の心理にどう響いてくるかという側面に興味があるからに過ぎない。なぜ外部との接触を断って、いわば「閉じた花瓶の中で」ことを行わねばならないか、なぜ国境を閉ざしておくことが重要なのか、私には心理学的にとてもよくわかる。とりあえず、状況がよくなるまで、ソ連の住民たちの幸福のためには、この幸福が周りから遮蔽《しゃへい》され、守られていることが必要なのだ。

私たちは、教育、文化に対するソ連の驚くべき熱意には感嘆する。しかし、この教育たるや、現在あるがままの状態を祝福するよう精神を陶冶《とうや》し、「おお、ソヴィエトよ！　われらが唯一の希望よ！」と考えるよう精神を導くことができるものしか教えないのである。文化もまたこの教育と同じ方向に針を向けている。この文化たるや、公正や客観性とは無縁である。それはいわば、ただひたすら溜め込むだけの文化であって、批判精神というものは（マルクス主義の精神に反して）ほぼ完全に欠如している。なるほど「自己批判」なるものが、かの地で大変流行していることは私もよく知っている。私は遠くにいたときはそれを称賛していたし、今もそうしたことが素晴らしい結果を生むこともあるかもしれないとは思う。もしそれが誠実に、真剣に、行われるのならば、である。だが、私はすぐに思い知らされた。ここでは密告や叱責（食堂のスープがちゃんと煮えていないとか、読書室の床がきちんと掃かれていない、など）が飛び交うのみならず、この自己批判なるものは、要するに、これこれのことが「しかるべき線《ライン》の中に収まっている」かそうでないかを問うものに過ぎないのだということを。線《ライン》そのものは議論されないのである。議論されるのは、ある作品なり、振る舞いなり、理論なりといったものが、この神聖にして侵すべからざる線《ライン》に合致しているかどうかだけなのだ。それ以上を試みんとする者には災いあれ！　この枠内での批判ならば、好きなだけやって構わない。だが枠を超えた批判は許されていない。そういう例は歴史の中にいくらもある。

しかし、こういう精神状態ほど文化を危機にさらすものもない。そのことはまた後で説明しよう。

ソヴィエトの市民たちは外国のことを驚くほど何も知らない状態に置かれている。[29] いや、それどころではない。彼らは、外国ではあらゆることが、あらゆる分野において、ソ連よりもはるかにひどい状態にあると思い込まされているのだ。この幻想は巧妙に維持されている。というのも、一人一人が――たとえ現状にほとんど満足していないとしても――もっとひどい状態に陥るのを現体制が防いでくれているのだと信じて、現体制を賛美するようにしておくことがとても重要だからだ。

そこからある種の〈優越感〉が生まれているのである。ここでその例をいくつか挙げよう。

学生たちはみな、何かしら一つの外国語を学ぶことになっている。だがフランス語はまったく人気がない。彼らが知るべきだとされているのは、英語であり、またとりわけドイツ語である。しかし彼らがその外国語を話すのを聞いていると、その下手なのに驚かされる。フランスの高校一年生でももっとうまいだろう。

彼らのうちの一人に聞いてみたところ、こんな説明が返ってきた（ロシア語だったので、ジェフ・ラストが通訳した）。「数年前ならまだドイツや米国が私たちに何かを教えてくれることがあったでしょう。ですが今ではもう私たちには外国から学ぶものは何もありません。だったら、彼らの言語を話せたからって、何になるんです？[30]」

とはいえ、外国で何が起きているか、彼らもそれなりに関心がないわけではない。ただ、それよりもずっと気にかかっているのは、外国が彼らのことをどう思っているかなのである。彼らにとって大切なのは、私たちが彼らを十分に称賛しているかどうかだ。私たちが彼らの美点をよく知らないのではないか、と彼らは恐れている。彼ら

29　〔原注〕あるいは少なくとも、その無知をいっそう強めるようなことしか知らない。

30　〔原注〕私たちが驚きを隠せないのを見て、その学生はこう言い添えた。「いえ、僕も、僕たち全員も、それがバカげた理屈だということはわかっているんです。外国語っていうのは、何かを学ぶためにはもう役に立たなくなったとしても、まだ何かを教えてあげる役には立ちますからね」

が私たちに望んでいるのは、彼らのことをたくさん知ることではなく、彼らを賛美することなのである。

児童公園で遊んでいた可愛らしい女の子たちが、私の方へ駆け寄ってきて、私を質問攻めにした（むろんその公園の設備は素晴らしかった。この国の若者向けの設備がすべてそうであるように）。女の子たちが知りたがっていたのは、フランスにも児童公園があるかどうかということではなく、ソ連にこんなに美しい児童公園があるということをフランスの人たちが知っているかどうか、ということだった。

ともかく、こんな調子で、私たちに投げかけられる質問は、大抵の場合あまりに突拍子もないものだったので、それを報告するのにもためらいを覚えてしまう。きっと私が作り話をしていると思われるだろう。たとえば、私がパリにも地下鉄があると言うと、相手は懐疑的な微笑《ほほえ》みを浮かべるのである。フランスには市電《トラムウェイ》ぐらいはありますか、バスはありますか、等々……。ある人など（しかももう子どもの話ではなく、きちんと教育を受けた労働者である）、フランスにも学校はあるのか、と尋ねる始末である。すると、もう少し事情通の別の人が、肩をすくめながらこう答えるのである。学校かい、確かにフランスにも学校はあるよ。でも向こうの学校では子どもを叩くんだってさ。彼はこの情報を確かな筋から聞いたという。フランスの労働者たちがみんな不幸だという話に至っては、言うまでもないことだ。なぜなら、フランス人たちはまだ「革命をやって」いないのだから。彼らにとって、ソ連の外側は、まだ夜なのである。厚顔無恥な何人かの資本主義者を除いて、世界の残りの地域の人々はみな、まだ暗闇の中でもがいているのである。

きちんと教育を受け、きわめて「卓越した」成績を上げている若い娘たち（すぐれた素質を持つものしか入団を許されないアルテックのキャンプでのことだ）と話した際、ロシア映画の話題になり、私が『チャパーエフ』[31]や『われらクロンシュタットより』[32]はパリでも大人気を博したと言うと、彼女らは大変驚いていた。フランスではロシアの映画は一切禁止されていると聞かされていたのである。しかも、彼女らにそう言ったのが彼女らの先生たちだったため、その若い娘たちは、明らかに私の言葉の方

31　ロシア革命の英雄チャパーエフを描いた映画。ワシリーエフ兄弟監督、一九三四年。
32　ロシア革命後に起きたクロンシュタットの反乱を描いた映画。エフィム・ズィガン監督、一九三六年。

を疑っているのが見て取れた。フランス人というのはまったく法螺《ほら》ばかり吹いて、というわけだ。

彼らご自慢の立派な戦艦（「こいつは何から何まで純ソ連産なんですよ」）を見学させてもらった際、海軍士官が集まっているところで、私は大胆にもついこんなことを口走った。ソ連の人はフランスで起きていることをほとんど知らず、フランス人の方がソ連で起きていることをはるかによく知っているんじゃないでしょうか、と。すると、明らかに不服そうな囁《ささや》きが起こり、「『プラウダ』は、あらゆることを十分に報道しています」という声が聞こえた。そして一人が突然、感極まったようにグループから離れ、こう叫んだのである。「ソ連で起きている新しい、素晴らしい、偉大なことをすべて語るには、世界中の紙があっても足りないだろう」

この模範的なアルテックのキャンプはまた、模範的な子どもたち——賞を受賞していたり、免状をもらっていたりする小さな神童たち——にとっての楽園であり、だからこそ私は、ほかのもっと質素な、もっと庶民的な数多くの共産少年団《ピオネール》のキャンプの方を好むのであるが、このアルテックのキャンプでは、一人の十三歳の子どもがパークの中を案内してくれた。私の聞き間違いでなければ、その子はドイツから来たということだったが、すでにすっかりソヴィエトの一員として教育されていて、その園内の美しさを褒めたたえる言葉を諳《そら》んじてみせた。

「見てください。ここは、つい最近までまだ何もなかったのです……。それが、あっという間にこんな立派な階段が作られました。ソ連ではどこでもこんなふうなんです。昨日は何もなかったところに、明日は全部そろっています。ご覧ください、あちらの労働者たちを。あんなに働いています！　ソ連ではどこでもそうです。学校でも、キャンプでも。もちろんまったく同じように素晴らしいというわけではありません。だって、このアルテックのキャンプほど素晴らしいところは、世界のどこにもないんですから。スターリンもここには特に関心を抱いているほどです。ここに来る子どもたちはみんな飛び抜けているのです」

「後で十三歳の子どもの演奏をお聴かせしますが、その子は世界一のバイオリニストになるでしょう。わが国では、その子の才能はすでにものすごく高く評価されているので、歴史的な価値のあるバイオリンをプレゼントされたんです。昔のとても有名なバイオリンの作り手が作ったバイオリンです[33]」

「それからここ、この壁を見てください。これが十日で建てられたなんて信じられますか」

その子どもが心の底から感激しているように見えたので、私は、その土留め擁壁《ようへき》があまりにも性急に建てられたために、すでにひび割れてきていることを指摘するのは控えておいた。彼は自分の自尊心を喜ばせるものしか見ようとしないし、見ることができないだろう。彼は陶酔したように、こう付け加えた。「子どもたちでさえ驚くほどです！」[34]

こうした子どもの言葉（おそらく言い聞かされ、憶《おぼ》えさせられた言葉だろう）は、非常に典型的なものに思えたので、私はそれをその夜すぐに書き写しておいた。だからここにこうして長々と引用できるわけである。

とは言え、私がアルテックから持ち帰った思い出がそれしかないとは思わないでほしい。間違いなくこの子どもキャンプは素晴らしいものだったのだから。実に巧みに整備された最高の立地に、このキャンプは段々状に広がっていき、最後は海まで続いている。子どもたちの健康や幸せのため、スポーツ・トレーニングや娯楽や喜びのために考えうるあらゆる施設が、その斜面に沿ってずっと、それぞれの段の上に集められ整えられている。子どもたちはみな健康そうで幸福に溢《あふ》れている。私たちが夜までいられないと言うと、彼らはひどくがっかりした様子を見せた。私たちを喜ばせようと、庭の木々に垂れ幕を飾り、伝統的なキャンプ・ファイヤーを用意していたのである。さまざまな祝賀行事も予定されていた。歌や踊りが夜に行われるはずだったのだ

33〔原注〕それからほどなく私は、その神童が、彼に与えられたというストラディヴァリウスを使ってパガニーニと、それからグノーのメドレーを弾くのを聴いた。確かに驚くほど見事なものだった。

34〔原注〕ウージェーヌ・ダビにこの優越感について話したところ、並外れて謙虚な彼は、これに特別な関心を示し、ちょうど今読み返しているところだと言って、私に『死せる魂』（NRF版）の第二巻を差し出した。冒頭にゴーゴリの手紙が載っていて、ダビは次の一節を私に示した。「われわれの多くの者、特に若者たちの間では、ロシアの美徳なるものを過度に持ち上げすぎるきらいがある。そうした美徳を自らの中でさらに発展させようというのならいいのだが、彼らはそれをヨーロッパに向かって見せびらかし、『見よ、外国人たちよ、われわれはあなた方より優れているのだ！』と叫ぶことしか考えていない。この思い上がりは、恐ろしく有害なものだ。周りの者たちを苛立《いらだ》たせるだけでなく、それを吹聴する人間をも損なうのである。自慢癖はこの世の最も美しい行動さえ汚してしまう……。私なら、自惚《うぬぼ》れるよりは束の間落ち込む方がいい」。ゴーゴリが嘆くこのロシアの「思い上がり」、これを現今の教育はさらに押し広げ、増長させようとしているのである。

が、私はそれを全部五時前にしてもらえないかと頼んだ。帰りにはまだ長い道のりが残っていた。私はどうしても夜になる前にセバストポリに着きたいと思っていたのだ。後から考えれば、それは正解だった。その夜、私に同行していたウージェーヌ・ダビが病気になったのである。それまでは何の兆候もなかったのだが。ダビは子どもたちが提供してくれた見世物を十分に楽しんでいた。とりわけ、愛らしい小さなタジキスタンの女の子の踊りを気に入っていた。名前は確かタマールといったと思うが、その女の子こそ、ほかでもない、当時モスクワ中の壁に張られていた巨大なポスターでスターリンに抱擁されていたあの女の子だったのである。彼女の優美さとその踊りの魅力は、どんなに言葉を尽くしても到底言い表せないだろう。「ソ連での最も甘美な思い出の一つだよ」とダビは私に言ったものだ。私もまた同意見である。それが彼の最後の幸せな一日となった。

ソチのホテルはとても気持ちがよかった。庭は大変美しく、浜辺の心地よさは格別だった。けれども、海水浴客たちがすぐにやってきて、フランスにはこれほど素晴らしいものはないでしょうと同意を求めるのには閉口した。フランスにはここよりももっと、はるかに素晴らしいところがあるよ、と彼らに言うのは、儀礼上控えておいた。

いや、ここで本当に感嘆すべきは、このほどほどの贅沢《ぜいたく》さ、快適さが一般庶民の手の届くところにあるということなのだ。もちろん、ここに暮らしにやってきた人たちがそもそも特権階級で、ここでもまた特権を手にしているのでなければ、だが。一般にソ連では、最も功績があると認められる人たちが優遇される。ただしその人たちが規準に適っ《コンフォルム》た、「線《ライン》の中にいる」場合に限るのだが。そして、特典を享受するのは、その人たちだけなのだ。

ソチで感嘆すべきは、サナトリウムや保養施設の数の多さである。それらが町の周りに設置され、どれも驚くほどよく設備が整っている。しかもそれらはみな、働く人たちのために建てられたというのだから、これ以上のことはない。しかし、だからこそなおいっそう、その周りで労働者たちが新しい劇場の建設のために働かされ、安い賃金しかもらえず、汚い仮設住宅に押し込められているのを見ると心が痛む。

ソチで感嘆すべきは、オストロフスキーである（補遺Vを参照のこと）。

ソチのホテルの素晴らしさはすでに言ったが、それではスフミ〔59ページ注23参照〕

の近くにあるシノップ・ホテルを褒めたたえるにはどう言えばいいだろう。ソチのホテルよりもはるかに素晴らしく、外国にある最高級の海浜ホテルと比べても、美しさ、快適さ、ともに引けを取らない。見事な庭園は帝政《ツァーリ》時代からそのまま残されており、その一方、ホテルの建物自体はごく最近建てられたもので、実によく考えて作られている。外観も内部も申し分ない。各部屋に浴室があり、プライベート・テラスがある。調度品の趣味も完璧である。そこで出される食事もまた絶品で、ソ連で私たちが味わった最高のものの一つだった。シノップ・ホテルは、まさにこの世で一番幸せに近い場所の一つであるように見える。

ホテルの隣に、このホテルに食料を供給する目的で作られたソフホーズ［国営農場］があった。私はそこで理想的な厩舎《きゅうしゃ》や養豚場、そしてとりわけ最新型の巨大な養鶏場を感嘆の思いで眺めた。一羽一羽すべての鶏が、足に番号のついた輪っかをはめており、その産卵は厳密に管理されている。雌鶏《めんどり》には、一羽ごとに卵を産むための小さな個別の箱が用意されていて、いったんそこに入れられると卵を産まない限り出してもらえない（しかし、これほど手間をかけている割には、ホテルで出される卵が特に美味《おい》しいわけでもなかったのは、どうしてだか、私にはわからない）。もう一つ付け加えておくと、この場所に入るには、靴の裏を消毒するため、殺菌剤を染み込ませた足拭きマットの上でまず足をこすらなければならなかった。ところが、家畜の方はそのわれわれの隣を悠々と通っていくのだから、なんともはや、である。

ソフホーズと外との境界線となっている小川を渡ると、みすぼらしいバラックが並んでいる。二・五メートル×二メートルの部屋に四人で暮らしているという。家賃は一人当たり月二ルーブルである。ソフホーズのレストランで食事すると一食で二ルーブルかかるので、月給が七十五ルーブルしかない人々には許されない贅沢である。だから彼らはパンと干魚で我慢している。

私は給料に差があることに異議を申し立てるつもりはない。むしろそれが必要だったということを認める。しかし、条件の違いを救済する措置というものがあるだろう。ここでは、この条件の差が縮まるどころか、むしろ広がるばかりなのではないかと私は危惧するのだ。そのうち、新たなブルジョワ労働者階級とでもいうべきものが再生産されるのではないかと私は恐れる。そうした人々は裕福な暮らしに満足するだろうし、したがって保守的となるだろう。いやはや！　それではフランスのプチ・ブルジョワとあまりにもそっくりではないか。

私はいたるところでその兆候を見ている。[35] そして残念なことに、ブルジョワ的本能、享楽的で、やる気がなく、他人を気遣わないという本能が、あれほどの革命を成し遂げたにもかかわらず、依然として多くの人間の心の中に眠っているということは疑い得ないので（というのも、人間の改革は外からだけでは成され得ないからだ）、私は大いに心配しているのである。今日《こんにち》のソ連において、最近の裁判の結果によって、あのブルジョワ的本能がますます間接的に増長させられるのではないかと。しかもそれらの判決は、憂慮すべきことにフランスでも承認されているのである。[36] 家族（「社会の基本構成単位」としての）という制度や財産相続の復活とともに、金儲《かねもう》けや私有財産への意欲が、友愛や分かち合いの精神、共同生活の必要性を追い越そうとしている。全員が、というわけではおそらくないが、しかし多くの人の間で。そして、いくつかの社会的階層、まだ階級とまでは言えないかもしれないが、一種の上位集団《アリストクラシー》ができつつあるのである。私が言うのは、個人としての能力や価値による上位集団《アリストクラシー》ということではなく、順応主義《コンフォルミスム》的な、〈よき思想〉の上位集団《アリストクラシー》ということである。そして、その人たちが次の世代で経済的な上位集団《アリストクラシー》となるのだ。

私の心配は大げさすぎるだろうか。そうであることを願う。もともとこの国に急激

35　〔原注〕最近、中絶を禁止する法律が成立した。給料が少ないために家庭を築くことができず、子どもを育てることができない人々は、この法律に愕然とした。しかし、それ以外の人たちもまたまったく別の理由でこの法律に愕然としたのである。その理由とは、この法律の可決や発効を決定する際には、国民投票のような、国民の意思を聞く何らかの措置をとると約束したではないか、というものである。実は、圧倒的大多数の人が（しかも多かれ少なかれ公然と）この法律に反対していた。しかし、その意見は考慮されなかった。法案は通過し、ほとんどの人があっけにとられた。どの新聞も、言うまでもないが、ほぼ称賛の言葉しか載せなかった。私はこの問題に関して多くの労働者と個別に話をしたが、私が耳にしたのは遠慮がちな非難の声や、嘆きのまじった諦めの言葉ばかりだった。
そもそも、この法律は何らかの意味において正当化できるものだろうか。この法律はとても嘆かわしい悪弊をそのままなぞるものでしかない。だが一方、マルクス主義的な観点から見て、同性愛者に対するもっと古い法律についてはどう考えるべきだろう。その法律によれば、同性愛者は反革命主義者とみなされ（性的問題に関して非順応主義《ノン・コンフォルミスム》だというわけだ）、五年間の流刑に処せられ、行いを改めない限り、その刑が延長されるのであるが。

36　スターリンによる大粛清の一環である、いわゆる「モスクワ裁判」を指す。163ページ注80も参照のこと。

な方向転換が可能であるということは、ほかならぬソヴィエト連邦の成立によって示されている。けれども、今日の指導者たちが肯定し推進しているこのブルジョワ化現象を手早く終わらせるためには、近いうちにまた急激な立て直しが必要になるのではないかと私は危惧している。それは新経済政策《ネップ》[37]を終わらせたときと同じくらい激しい転換となりかねない。

〈恵まれた側〉にいる——そして自分をそうだと感じている——人たちが〈恵まれない人たち〉に対して示す軽蔑というか、少なくとも無関心にはショックを受けずにはいられない。〈恵まれない人たち〉とはすなわち使用人[38]や人足、〈日雇い〉の男女の労働者、要するに言ってしまえば、貧しい人たちのことである。ソ連にはもう階級はない。それは承知している。しかしそれでも貧しい人々はいるのである。それもたくさん。あまりにもたくさん。私はもうそういう人たちを見なくて済むだろうと期待していた。いや、もっと正確に言えば、私がソ連に来たのは、もうそういう人たちを見なくていいことを確かめるためだったのだ。

さらに付け加えておけば、慈善の精神というものは、もはや存在しない。単なる施しですら行われない[39]。それをするのは国なのである。国家がすべてを引き受けるので、もう人に救いの手を差し伸べる必要はない、ということになっているのだ。そのために、人々の関係は、きわめて友好的ではありながら、ある種乾いたものになっている。もちろん、ここで言っているのは、対等な者同士の関係のことではない。だが先ほど話した〈恵まれない人たち〉に対しては、俄然《がぜん》、例の〈優越感〉が働き始めるのである。

37　戦時共産主義により低下した生産力を回復するため、一九二一年にレーニンが採用したソ連の経済危機打開政策。余剰農産物の自由販売や小企業の経営を認めるなど、部分的に資本主義的な要素を復活させた。一九二八年の第一次五カ年計画の採択と全面的農業集団化により転換された。

38　〔原注〕ちょうどそれの反映のように、使用人たちの方にもまた極端な隷属根性やこびへつらいが見られる。ホテルの使用人たちはそうではないが——彼らはむしろ高い誇りを持っており、少なくとも誠実で温かい——指導者、つまり〈責任ある人々〉のもとで働く使用人たちがそうなのである。

39　〔原注〕だが急いで付け加えておこう。セバストポリの公園で、松葉杖をつかないと歩けない肢体不自由の子どもが一人、散歩の人たちが座っているベンチの前にやってきた。その子どもが物乞いをするのを私は長い間観察していた。すると話しかけられた二十人のうち十八人がお金を与えたのである。ただし彼らは、おそらく子どもに身体障害があったがゆえに心を動かされたに過ぎないであろう。

かの国で勢力を伸ばしつつある——と私は恐れているのだが——このプチ・ブルジョワ的な精神状態は、その本質、その根本において反革命的であると私には見える。だが、今日のソ連において〈反革命的〉と呼ばれているのは、それではまったくないのだ。むしろ、ほぼ正反対のことがそう呼ばれているのである。

今日〈反革命的〉とみなされている精神とは、まさに革命的な精神そのものなのである。帝政《ツァーリ》時代の古い世界の半ば腐った樽板《たるいた》を破裂させるもととなったあの酵母と言うべき精神が、今、逆に反革命的と呼ばれているのだ。溢れるような人類愛が、あるいはせめて公平、公正へのやむにやまれぬ欲求が、人々の心を満たしていると信じることができたらどんなにいいだろう。だがひとたび革命がなされ、勝利し、定着してしまうと、もはやそんなことは問題ではなくなってしまうのだ。最初の革命者たちを駆り立てたそういう感情は邪魔で目障りな、もう用済みのものになってしまうのだ。たとえて言うなら、そういう感情は、丸天井《アーチ》を作るときに使う支柱のようなものではないだろうか。組み立てるときには必要になるが、穹窿《ヴォールト》の要石が置かれてしまえば、もう取り除かれるのである。今や革命は勝利し、定着し、そして自らのものとなった。

つまりは和睦が成立したのだ――人によっては、おとなしくなってしまった、と言うかもしれないが。そうなると、あの革命の酵母にまだ駆り立てられている人たち、相次ぐ譲歩はことごとく悪しき妥協《だきょう》だとみなす人たち、そういう連中は邪魔であり、排除すべきだというわけだ。しかし、革命的か反革命的かといった言葉で遊んでいるよりも、はっきりと認めた方がよいのではないだろうか。あの革命的精神（もっと端的に言えば批判的精神）がもう通用しなくなっているということ、もう必要ではなくなってしまったということを。今、為政者たちが人々に求めているのは、おとなしく受け入れることであり、順応主義《コンフォルミスム》である。彼らが望み、要求しているのは、ソ連で起きていることのすべてを称賛することである。彼らが獲得しようとしているのは、この称賛が嫌々ながらではなく、心からの、いやもっと言えば熱狂的なものであることである。そして最も驚くべきは、それが見事に達成されているということなのだ。しかしその一方で、どんな小さな抗議、どんな小さな批判も重い処罰を受けるかもしれず、それに、たちまち封じ込められてしまう。今日、ほかのどんな国でも――ヒトラーのドイツでさえ――このソ連以上に精神が自由でなく、ねじ曲げられ、恐怖に怯《おび》え、隷属させられている国はないのではないかと私は思う。

スフミの近くにあるこの石油精製工場では、食堂にせよ、労働者用の住居やクラブにせよ、何もかもがこの上なく立派に見える（工場そのものについては、私には何も理解できないので、ただ信頼して感嘆するだけだった）。私たちはクラブ・ルームの習慣に従って張られている〈壁新聞〉に近づいてみた。全部の記事を読む時間はなかったが、本来外国の情報が載っている〈赤色救援会〉[40]の欄を見ても、ここ数日来私たちを心配させていたスペインの情勢[41]について一言も触れられていなかったので驚いた。少し残念さの混じったその驚きを私たちは隠さずに伝えた。かすかに気詰まりな空気が流れた。ご指摘に感謝します、きっと次の号に生かされることになるでしょう、と彼らは言った。

その夜、祝宴が催された。ソ連での慣例に従って何度も乾杯が繰り返された。会衆一同と会食者一人一人の健康を祝って杯が上げられたとき、ジェフ・ラストが立ち上がり、ロシア語で、スペイン赤色戦線の勝利を祈って杯を干しましょう、と提案した。みんな熱っぽく賛同したが、やはり若干の気詰まりな空気が流れたように私たちには思えた。続いてすぐ、それに呼応するように「スターリンに乾杯」という声が上がった。私の番になり、私は自分のグラスを掲げると、ドイツ、ユーゴスラビア、ハンガリー……の政治犯のために、と列挙した。今度はみな心から熱烈に拍手喝采した。みんなグラスを合わせ、飲んだ。それからまたすぐに「スターリンに乾杯」の声が上がった。要するにみんな、ドイツやその他の国でのファシズムの犠牲者たちについては、どういう態度を取ればよいかわかっているのである。ところが、スペインで今起きている闘いと混乱については、世間の総意——であり、すなわち個人の意見——がどうなるべきか、『プラウダ』の指導層が方針を表明するのを待っているのだ。何を

40　革命運動家の救援を目的とする国際的な組織。当時ソ連をはじめ各国にあった。
41　一九三六年七月にスペインで人民戦線政府とフランコの指揮する軍部の間で内戦が始まったことを指す。英仏は不干渉政策をとり、独伊は反乱軍を、ソ連は政府軍を支援した。

考えたらよいかわからないうちは、みんなあえて危険を冒さないのである。赤の広場から発した巨大な共感の波が全新聞をどっと埋め尽くし、いたるところで政府軍救援のための寄付が集められるようになったのは、それからようやく数日経《た》ってからのことだった（私たちはセバストポリに到着していた）。

この工場の事務所にかけられた一枚の大きな絵に私たちは衝撃を受けた。まさに象徴的な絵だった。中央に演説をしているスターリンがいる。その左右に政府のメンバーたちがいて拍手喝采を送っている。

スターリンの肖像はいたるところで目にする。その名を誰もが口にするし、あらゆる言説の中に必ず彼を褒めたたえる言葉が入る。とりわけグルジアでは、どんな質素な、どんな汚い部屋でも、人が住んでいる部屋であれば、壁にかかったスターリンの肖像画を目にしないことは一度もなかった。おそらくかつてはキリストを描いた聖画像《イコン》がかけられていた場所なのだと思う。崇拝、愛、それとも恐れからなのか。私にはわからない。ただ必ず、どこにでも、彼はいた。

トビリシ［ジョージアの首都］からバトゥミ［黒海に臨むジョージアの港湾都市］に向かう途上で、私たちはスターリンが生まれた小さな町ゴリ［ジョージア西部の都市］を通った。われわれ一行はソ連のどこへ行っても歓迎され、もてなされ、大事にされたのだから、その返礼としてスターリンに何かメッセージを送るのは、おそらく礼儀にかなったことだろうと私は考えた。これ以上よい機会は二度と見つかるまい。私は郵便局の前で車を止めてもらい、電報の文面を差し出した。それはだいたいこんな内容だった。「私たちの素晴らしい旅の途中、ゴリを通りかかりましたため、あなたに一言お礼を申し上げたく存じ……」。だが、ここで通訳の手が止まった。こんなふうに話しかけてはいけないというのである。スターリンに対して「あなた」という言い方は尊敬が足りない。それでは失礼だ。何か付け加えなければならない。私が唖然《あぜん》とした様子を見せると、みんなで相談し始めた。そして提案されたのは、「全労働者のリーダーたるあなた」やら「人民の指導者」やら、ほかにはもう覚えていないが、そんなものだった。[42]私はバカらしいと思った。スターリンはそんなおべんちゃらを喜ぶような小さな人間ではないと抗議した。だが無駄だった。らちがあかない。私が敬称を付け足すことに同意すれば電報を受け付けるという。もとより翻訳をどうするかは私のコントロールの及ばない範囲のことなのだし、私は根負けして従った。ただし一切の責任を負わないと言明した。そして悲しい気持ちでこう思った。こういうことが積もり積もって、スターリンと民衆との間に恐ろしい、埋めることのできない距離が生まれてしまうのだと。そして、似たような修正や「微調整」が、ソ連に来て私が時々頼まれるさまざまな挨拶や談話などの通訳の際にも行われていることを、私はこれまですでに何度か確認していたので、[43]すぐにこう宣言した。私の滞在中にロシア語で発表された私のテクストを、私は一切自分のものと認めないし、[44]そのようにはっきり言うつもりだ、と。というわけで今ここにそうはっきり書いている。

おお！　もちろんのこと、私はこうしたほんの小さな――それもたいてい無意識的に行われる――歪曲《わいきょく》に、どんな悪意も含まれていようとは思わない。むしろ慣例を知らない――そしてぜひとも慣例に従いたい、言い方や考え方をそれに合わせたいと思っているに違いない――人間を助けようという気持ちから出たものだと思っている。

スターリンは、第一次五カ年計画および第二次五カ年計画の策定において、ずば抜けた聡明さを示している。彼は、自分が必要だと思った変更は次々と加えるという驚くべき柔軟な知性を見せているので、むしろこういう疑問が浮かんでしまうのだ。これ以上の継続は不可能ではないだろうか、当初の路線から次第に離れていき、レーニン主義からこれほど遠ざかってしまう必要はなかったのではないか、これ以上の固執

---

42 〔原注〕まるで私が作り話をしているように見えるのではないだろうか。ところが残念ながらそうではないのだ！　このときたまたまそういう愚かな、バカ真面目に熱心な下役に出会っただけだと言いたがる人も多いだろう。しかし違う。私たちと一緒にいた人の中には、十分に高い地位にある人々、少なくとも完全に「慣例」に通じた人々が何人もおり、そういう人たちもこのときの議論に加わっていたのである。

43 〔原注〕Xは、私が使っていた「未来」という言葉について、それがソ連の未来を指す場合には、何か形容詞を一つ付け加えるのが適切だと教えてくれた。いろいろ考えた末、私は「輝かしい《グロリュー》」という言葉を提案した。Xはそれならば満場一致で賛同を得られるだろうと言った。またその逆に彼は、私が「君主《モナルク》」の前に「偉大な《グラン》」をつけていると、それは削除するようにと注文した。君主は偉大ではありえない、というのである（補遺Ⅲを参照のこと）。

44 〔原注〕たとえば私はフランスの若者からは理解されていないし、好かれてもいないと宣言したことになっている。そのほか、今後は民衆のためにのみ書き、それ以外のものは一切書かないと誓った、等々。

は人民に対して超人的な努力を要求することになりはしないか、と。いずれにせよ、あるのは失望である。失望させているのは、スターリン個人というよりも、一般的な人間、人類というもの、である。あれほどの闘いを経て、あれほどの血を流し、あれほどの涙を流した後で、人々が摑《つか》もうとしていたもの、あともう少しで手に入ると信じていたもの、それは結局「人類の力の及ばないもの」だったのか、という失望だ。まだ待たなければならないのだろうか。その希望を諦めるか、あるいは先に延ばさなければならないというのだろうか。今ソ連で人々が苦悩に悶《もだ》え自問しているのは、そのことである。そしてその問いが頭をよぎるだけでも、すでに失望には十分すぎるのだ。

あれほどの長い年月努力してきたのだから、われわれはこんな問いを立てる権利があると思っていた。彼らもようやく少しは顔を上げられるようになるだろうか、と。だが実際は、彼らの頭がこれほど低く屈《かが》められたことは、かつてないほどなのだ。

初めの理想からはもうすでに乖離《かいり》がある、これは疑うことのできない事実だ。しかし、だからといって、当初望んでいたことはすぐには実現できないものだったとまで疑うべきだろうか。今起こっているのは失敗なのか、それとも思いがけない困難にぶつかったための避けがたい、妥当な調整の期間なのか。

「理想《ミスティック》」から「政治《ポリティック》」へのこの移行は、宿命的に〈退廃〉を引き起こすのだろうか。というのも、もはや問題は理論ではなく、実践の領域に入っているからだが、そうなると〈人間的な、あまりに人間的な〉[45]（*menschliches, allzumenschliches*）ものも勘定に入れなければならないし、また、敵のことも考慮しなければならない。

数多くのスターリンの決断が——しかも近年ではそのほとんどすべてが——ドイツとの関連によって、ドイツに対する恐怖に導かれる形で、下されている。家族制度や私有財産、遺産相続が徐々に復活してきたのには十分な理由がある。要するにソヴィエトの市民に、自分には守るべき何らかの個人的な財産があるという感情を持たせることが目的なのだ。だがそのために、次第に最初の衝動が鈍化し、失われてしまい、人々は未来に目を向けることをやめてしまう。いや、それは必要で、緊急のことなのだ、と私に言う人もあるだろう。横からの攻撃が目論見を破綻させてしまいかねない

45　ニーチェの書名を借用したもので、原文ではドイツ語だけで書かれている。

のだから、と。だが妥協に妥協を重ねれば、目論見自体が危うくなる。

また別の恐れもある。「トロツキズム」[46]のことだ。今ソ連でそれは〈反革命の精神〉と呼ばれている。というのも、中には、今言ったような妥協が必要だったとは認めない人たちもいるからである。彼らには、こうした妥協がことごとく失敗と映る。当初の指導方針からの逸脱には、それなりの言い訳や理由があるというのは、それはそうかもしれない。しかし彼らからしてみれば、逸脱したという事実だけが問題なのだ。ところが今日《こんにち》では、服従の精神、順応主義《コンフォルミスム》が求められている。それに不満を表明する人は誰でもみな「トロツキスト」とみなされてしまうのである。そのため、こんな疑問を抱かずにはいられない。もしレーニンその人が今この地によみがえってきたとしたら……と。

スターリンがいつも正しいとしたら、それは、スターリンがすべての権力を掌握しているということに過ぎない。

〈プロレタリアの独裁〉、それが、人々がわれわれに約束したものだった。だが私たちはそれから遠いところにいる。確かに独裁というのはそのとおりだ。だがそれは一人の男の独裁であって、団結したプロレタリアたちの独裁でもなければ、ソヴィエトの独裁でもない。騙《だま》されてはならない。そしてはっきりと認めなければならない。これは自分たちが望んでいたものではまったくないと。いや、さらに踏み込んでこうとさえ言えるだろう。これはまさしく自分たちが望んでいなかったものそのものだと。

一国家の中で、反対派を抹殺することは――あるいは単にその発言や行動を封じるだけであったとしても――極めて重大なことである。それはテロリズムへの道を開く。もし一国家の市民全員が同じような思想を持つようになったとしたら、それは間違いなく為政者たちにとって好都合だろう。しかし、そのような精神の貧困化を前にして、一体誰がなお〈文化〉を語ろうとするだろう。反対意見なくして、どうやって精神はある一つの意味や方向の中にあらゆるものを流し込むことができるだろう。私が考え

46　ロシア革命の指導者の一人レフ・トロツキーの思想とそれを実践する運動。トロツキーは永続革命論に基づき世界革命を主張したため一国社会主義革命論のスターリンと対立、一九二九年に国外追放された。その後、四〇年にメキシコでスターリンの刺客に暗殺された。

るに、反対派側の意見に耳を傾けることは大いなる叡智《えいち》なのだ。反対する人たちを傷つけることなく、むしろ必要に応じて彼らをいたわることもせねばならない。闘うことはもちろん大事だ。だが、抹殺してはならないのである。反対派を抹殺する……、スターリンがそれをなかなか完遂し得ないのは、おそらく幸いなことだ。

「人間は単純なものではない。そのことは否でも応でも受け入れねばならぬ。人間を外から単純化、画一化、矮小化《わいしょうか》しようとする試みは、すべて必ず醜悪であり、有害であり、不気味にして滑稽なものとなるだろう。というのも、アタリーにとってやっかいなのは、結局エリアサンを取り逃がしてしまうことであり[47]、ヘロデ大王にとってやっかいなのは、結局〈聖家族〉を取り逃がしてしまうことであるからだ[48]」――一九一〇年に私はそう書いていた[49]。

47　フランスの劇作家ラシーヌ（一六三九—九九）の戯曲『アタリー』にかけている。異端の神を信じるアタリーは、正統の神エホバを信じるダビデ王家の一族をみな殺しにして王位に就くが、そのときただ一人、孫のエリアサン（ジョアス）を取り逃がしたために、やがて復《ふく》讐《しゅう》されることになる。

48　ヘロデ大王（前七三—前四）はイエス・キリスト誕生時のユダヤの王。救世主の出現を恐れてベツレヘムの幼児たちを虐殺したと言われている。〈聖家族〉とはイエスとマリアとヨセフのこと。

49　〔原注〕*Nouveaux pretexts*, p.168.［「続プレテクスト」『アンドレ・ジイド全集 第13巻 文学評論』新潮社］

V

ソ連に行く前に、私はこんなことを書いていた。

作家の価値というのは、その作家を突き動かしている〈革命を起こす力〉に結びついていると私は信じている。あるいは、もっと正確に言えば、その〈異議を申し立てる力〉（というのも芸術的価値を左翼の作家にしか認めないというほど私は愚かではないからだが）に結びついていると。この力は、ボシュエ〔137ページ注65参照〕やシャトーブリアン、あるいは同時代で言えば、クローデルにも存在しているし、モリエールやヴォルテール、ユゴーなど数多くの作家のうちに存在している。われわれのような形態の社会において、偉大な作家、偉大な芸術家とは、本質的に反順応主義者《アンチコンフォルミスト》である。そういう作家、芸術家は、流れに逆らって航行するのだ。ダンテがそうだったし、セルバンテスもそうだった。イプセンも、ゴーゴリも……。それがそうでなくなるのは、どうやらシェイクスピアとその同時代人たちにとってであるようだ。ジョン・アディントン・シモンズが彼らについて鋭く指摘しているとおりである。「この時代の劇作がこれほど傑出したものになったのは、彼ら（作家たち）が民衆全体との完全なる共感の中で生き、そして書いていたからである」[50]。同じことがたぶんソフォクレスについても言えるし、ホメロスにとっても間違いなく言えるだろう。ホメロスを通して古代ギリシアそのものが共に歌っていた――と私たちには見える――からだ。そしてもしかしたら、いつか私たちにとってもそうなる日が来るのかもしれない。だとするならば、それはどんなときなのか……。それこそまさに、今私たちがソ連に不安に満ちた疑問の目を注ぐ所以《ゆえん》である。革命の勝利は、果たしてそれを遂行した芸術家たちに、流れに従って運ばれることを許すのだろうか。実際、こういう問いを思い浮かべずにはいられない。もし国家が変革された結果、芸術家から反抗する動機をすべて奪い去ってしまったとしたら？　もし芸術家が、何かに反抗して立ち上がるため

50　〔原注〕*General Introduction to the Mermaid Series*　［原文は英語のまま引用されており、この注の欄にフランス語訳がある］

の、その「何か」を失い、ただ流されるしかなくなってしまったとしたら？　おそらく、まだ闘いがあるうちは、そして勝利がまだ完全には約束されていないうちは、芸術家はこの闘いを描くことができるだろう。そして自らも闘いながら、勝利に力を貸すことができるだろう。だが、その後は……。

以上が、ソ連に行く前に私が自問していたことである。

「わかりますか、民衆が要求していることはもう全然そういうことではないんですよ」とXが私に説明してくれた。「今、私たちが望んでいるのは全然そういうことではないんです。先頃彼は大変優れたバレエを上演しましたし、実際それは大変注目されました（『彼』とは、ショスタコーヴィチ[51]のことだ。この音楽家については、まさに天才にしか使わないような賛辞でもって私に話してくれた人たちもいるのだが）。けれども劇場を出るときに誰もメロディーを口ずさんだりしないんです。大衆にとってそんなオペラが何の意味がありますか？」（いやはや！　そんな程度の低いことを問題にしているのか、と私は思ったものだ。しかもX自身芸術家であり、大変教養もあるので、そのときまではむしろ知的で高尚な話しか私にしていなかったというの

に）

「今私たちに必要なのは、誰でも、それもすぐに、理解できる、そういう作品なんです。ショスタコーヴィチ自身がそれを感じられないなら、みんなでそっぽを向いてそれを感じさせてやらなければ[52]」

しかし、と私は反論した。芸術作品というものはえてして、最も美しく、しかも後世になって最も大衆に愛されるようになる作品でさえ、初めはごく少数の人にしか理解されないということがあるではないかと。実際ベートーヴェンだって……。と、私はちょうど持っていた本を彼に差し出し、こう言った。「ほら、ここを読んでごらん

51　作曲家ショスタコーヴィチ（一九〇六―七五）は、その「形式主義」を激しく批判されていたが、その後、社会主義リアリズムの作風に転じ、体制に迎合する作品を発表するようになる。

52　当時ショスタコーヴィチはプーシキン原作によるオペラ『スペードの女王』を上演していた。エルバールはその初日を観劇し、観客はみな大喝采していたのに、翌日『プラウダ』に「退廃的な音楽、ブルジョワ的形式主義、知的腐敗」という酷評が掲載されたと、その回想記『力の線』（一九五八）に書き留めている。

なさい」

「私もまた、何年か前（と語っているのはベートーヴェン自身である）、ベルリンでコンサートを開いたことがある。私はそれに全身全霊を注ぎ、まさに何かに到達した、と感じていた。だから大成功するだろうと期待していた。ところが、私の持つ霊感の最高のものを実現したというのに、称賛の印はひとかけらも見られなかったのである」[53]

するとXは私に言った。ソ連なら、いくらベートーヴェンでも、こういう失敗から立ち直るのは難しかったでしょうと。「いいですか、この国では芸術家はまず何よりも規準《ライン》の中に収まっていなければいけません。そうでなければ、どんなに優れた才能でも〈形式主義《フォルマリスム》〉とみなされるのです。そう、それが私たちが見つけた言葉ですよ。われわれが見る気にならない、聴く気の起きない作品を全部そう呼ぶんです。私たちは新しい芸術を作りたいんですよ。われわれのような偉大な人民にふさわしい芸術を。今日の芸術は大衆的なものでなければなりません。大衆的な芸術か、さもなくば存在しないか、です」

「それではあなた方は芸術家をみんな順応主義《コンフォルミスム》に押し込めることになりませんか」と

私は言った。「そして最も優れた芸術家たち、自分の芸術を堕落させることに同意しない、あるいはただ曲げることさえ嫌がる、そういう芸術家たちは沈黙を強《し》いられることになります。あなた方は文化に奉仕し、それを顕揚し、擁護する、と主張していますが、そんな文化は、むしろあなた方を貶《おとし》めることになりますよ」

すると彼は、私の言うことはブルジョワ的な理屈だ、と反論した。彼としては、マルクス主義は他の多くの領域でこれほど偉大なことをたくさん成し遂げたのだから、芸術作品を生み出すこともできると確信している、というのである。さらに付け加えて、そうした新しい作品の出現が今まだ抑えられているのは、人々がとっくに終わってしまった過去の作品に未《いま》だに重要性を置いているからだという。

話すにつれて彼はだんだんと声が大きくなっていった。まるで何か講義をしているか、教課の暗唱でもしているようだった。この会話が交わされたのはソチのホテルのホールである。私はそれ以上彼に何も返答せず、別れた。だがそれから数分後、彼は

53 〔原注〕*Goethes Briefe mit lebensgeschichtlichen Verbindungen*［『生活史的に見たゲーテ書簡集』。原文はドイツ語のまま引用されており、この注の欄にフランス語訳がある］

私の部屋までやってきて、今度は小さい声でこう言ったのである。

「ああ！　失礼しました。もちろんよくわかっているんです……。ただ先ほどは周りの人が聞いていましたのでね……。それに、私の展覧会が近いんです」

Xは画家だった。そして、新作の数々を発表する予定だったのである。


　私たちがソ連に着いたとき、〈形式主義《フォルマリスム》〉をめぐる大論争はまだ収束しきっていなかった。私はこの言葉がどういう意味で使われているのか理解しようとし、要するにどうやらこういうことだと理解した。〈内容〉よりも〈形式〉により多くの関心を注いでいるとの責めを受けた芸術家はみな形式主義《フォルマリスム》の烙印《らくいん》を押されるのである。もちろん、その〈内容〉なるものも、ある種の方向《サンス》に偏ったものでなければ、関心を払うにふさわしいとは認められない（もっと正確に言えば、許されない）ことは言うまでもない。その方向《サンス》にまるっきり偏っていない芸術作品は、すなわち〈意味《サンス》〉のないものであり（これは私のシャレである）[54]、すぐさま形式主義《フォルマリスム》と判断されるのである。白状するが、〈形式〉と〈内容〉などという言葉を書きながら、私はどうしても笑ってしまう。けれども、このばかげた二分法が批評を決定づけようというのだから、むしろ泣くべきところなのだ。それが政治的には有用だと言うのなら、それはそうかもしれない。しかし、それならばもはや文化などと言うべきではない。批評が自由に行われなくなるところでは、文化はたちまち危機に瀕《ひん》するのだから。

ソ連では、作品がどんなに美しくとも、規準《ライン》の中に収まっていなければ忌み嫌われる。美しさはブルジョワ的な価値とみなされているのだ。また、芸術家がどんなに才能に溢《あふ》れていようとも、規準《ライン》の中で仕事をしていなければ、関心は遠ざかり、また遠ざけられる。芸術家や作家に要求されているのは、順応的《コンフォルム》であることなのだ。あとのものは全部その上で与えられるのである。

私はトビリシで現代絵画の展覧会を見ることができたが、たぶんそれについては語らない方が慈悲というものだろう。だが、その芸術家たちは要するにちゃんと目的を果たしていたのだ。すなわち、堂々と打ち立てること（ここではイメージによって）、説き聞かせること、称賛すること（それらの絵のテーマとなっていたスターリンの人

54　フランス語の「サンス（sens）」には「方向」と「意味」の二つの意味がある。

生のさまざまなエピソードを）である。ああ！　確かにその者たちは〈形式主義者《フォルマリスト》〉ではなかった！　ただ不幸なのは、彼らはもう画家でもなかったということだ。彼らを見て、私はアポロンを思い出した。アドメトスに仕える身となったアポロンは、その光輝をすべて消し去らねばならなかったが、すると途端に価値のあることは何一つできなくなってしまったのである——少なくとも私たちにとって価値のあることは何も。だがソ連という国は、革命の前であれ後であれ、造形芸術の分野ではこれまで一度も飛び抜けていたことがないのだから、むしろ文学に話を限った方がよいかもしれない。

「私の若い頃には」とXは私に言った。「この本を読めとか、あの本はやめろとか、周りからよく言われたものです。そうすると当然、私たちの興味は、読むなと言われた本の方に向きます。ところが、今はまったく違って、若者たちは読めと勧められた本しか読まないのですよ。それどころか、ほかのものはもう読みたいとさえ思わないのです[55]」

　そういうわけで、たとえばドストエフスキーはもうほとんど読む人がいなくなっている。しかも、若者たちが自然とドストエフスキーに目を向けなくなったのか、それとも若者たちの目がドストエフスキーから逸《そ》らされてしまったのかも、よくわからない。それほど洗脳されてしまっているのである。

たとえ何らかの命令に従わなければならないとしても、その場合には、まだ精神は、少なくとも自分は自由ではないと感じることができる。だが、もし精神が、その命令が下されるまでもなく、自ら進んで従うほどになっているならば、もはや自分が隷属しているという意識すら失ってしまっているということだ。ソヴィエトの若者たちに、君たちは自由に思考していない、と言ってやれば、たぶん彼らの多くはびっくりし、抗議するのではないかと思う。

われわれは、失ってしまってから初めて自分たちが持っていたいくつかの長所の価値に気がつく、ということがよくあるが、ソ連での滞在（あるいは、もちろんドイツでも）ほど、私たちがまだフランスで享受している——そして時には濫用している——思想の自由の計り知れない有り難みを、つくづくと感じさせてくれることはな

---

55 このXの言葉は、ジッドの『新日記抄』（一九三二―三五）の中で、イリヤ・エレンブルグの言葉として引用されている。

いのである。

レニングラードで、私は文学者や学生たちの集まりのために短い講演をしてほしいと頼まれたことがあった。その頃まだソ連に来て一週間しか経《た》っておらず、どういう調子がふさわしいか、いわば〈正しい音程〉を探っているところだった。だからまずXとYに原稿を見せた。彼らの反応から、私はすぐに、これは規準《ライン》に沿っておらず、正しい音程でもない、ということを理解した。このまま話すとひどく無礼だと思われるだろう、と彼らは言った。そしてもちろん、それからほどなくして、私は自分でもそのことをはっきりと知ることになったわけである。それに結局のところ私はこの講演をする機会を持たなかった。以下にその草稿を転載する。

「現在のソ連の文学についてどう思うか、よく意見を求められます。私はそれについて答えるのを拒んできましたが、ここでその理由を説明させていただきたい。そうすることで同時に、ゴーリキーの葬儀が行われたあの厳粛なる日に、私が赤の広場で読み上げた演説の中のあるポイントについて明確にすることができると思うからです。私はその中で、ソヴィエト共和国連邦の勝利そのものによって持ち上がってきた『新たなる諸問題』について語りました。それらの諸問題を歴史に産み落とさせたこと、そして私たちの思索の糧《かて》として差し出したことは、ソ連の大きな栄誉のうちの一つとなるでしょう、と私は申し上げました。文化の未来は、それらの諸問題に与えられるであろう解決と緊密に結びついていると私には思われます。ですからここでそれらを振り返り、いくつかの事実を明確にしておくことは無駄ではないと思うのです。

（……）

大多数というのは、たとえ最も優れた人々で構成されていたとしても、芸術作品の中に含まれる新奇なものや将来性のあるもの、調子の外れたものや人を面食らわせるようなものは、決して喜ばないものです。自分たちに見覚えがあり、それと認められる、ようなものしか――つまり通俗的なものしか――称賛しないのです。ところで、ブルジョワ的な通俗性があったのとまったく同様に、革命にまつわる通俗性もまた存在します。そのことをよく承知しておくことが肝腎です。ある芸術作品が、一つの教義《ドクトリン》――たとえそれがこの上なく健全で、この上なく頑健な教義だったとしても――によく合致《コンフォルム》する何かをわれわれに差し出してくれているとしても、そのことで作品に深い価値が生まれるわけではありませんし、その作品を永続させるわけでもありません。そうではなく、むしろその作品が新しい問いかけをもたらし、未来の課題を予見する、そうしてまだ立てられていない問いに答えを示す、そういうところにこそ芸術作品の価値があるのです。純粋にマルクス主義的な精神にどっぷりと浸《つ》かった――そしてそのおかげで現在、高い評価を受けている――数多くの作品が、やがて次に来る世代の者たちの鼻に耐えがたい臨床病院《クリニック》のような臭みを感じさせるのではないかと私は強く恐れています。私が思うに、最も勇敢にして値打ちのある作品というのは、そうした懸念からすっかり解放された作品だけなのです。

革命が勝利し、定着したその瞬間から、芸術は恐ろしい危険にさらされます。その危険の大きさは、ファシズムの最もひどい弾圧が芸術に経験させる危険とほとんど同等のものです。その危険とは正統教義《オルトドクシー》という危険です。芸術が何らかの正統教義――たとえそれが教義の中でも最も健全なものだったとしても――に従ってしまえば、もうおしまいです。その芸術は順応主義《コンフォルミスム》に沈んでしまいます。勝利した革命が芸術家に与えることのできるもの、与えなければならないもの、それはまず何よりも自由です。自由なくしては、芸術はその意義も価値も失ってしまいます。

リンカーン大統領が死んだとき、ウォルト・ホイットマンはその最も美しい詩の一つを書きました。しかし、もしこの自由な歌が、強いられたものであったとしたら、もしホイットマンが命令によって、認められた規範に合致するように、それを書くことを強制されていたとしたら、あの美しい挽歌はその徳を、その美を失ってしまったことでしょう。いやむしろホイットマンはあれを書くことができなかったでしょう。しかるに、大多数の人々の同意や喝采、成功や名声は、一般大衆がすぐにそれとわかって認められるようなもの――すなわち順応主義《コンフォルミスム》――へと向かうものであるのは自明のことです。だからこそ、私は憂慮してこう自問せずにはいられないのです。今、栄光に包まれたこのソ連に、もしかしたらボードレールのような、キーツのような、ランボーのような詩人が、まさにその価値のゆえに声を届かせることができず、大衆に知られないまま埋もれているのではないかと。そして私にとっては、まさにそういう詩人こそが誰よりも大事なのです。というのも、最初は軽視されたそういう幾多のランボーたち、キーツたち、ボードレールたち――スタンダールたち、と付け加えてもいいでしょう――が、未来において最も偉大な者として現れてくることになるからです[56]」

56 〔原注〕しかし、とソ連の人々は言うかもしれない。キーツやボードレールやランボー、あるいはスタンダールといった人たちなど、今日のわれわれにとって一体何の意味がありますか、と。ああいう連中は、彼らのような哀れむべき存在を生み出した、腐敗した瀕死の社会を映し出しているという限りにおいて価値があるに過ぎません。そういう人たちが今日の新しい社会において作品を生み出すことができないのだとしたら、それは彼らにとってはお気の毒ですが、私たちにとっては喜ばしいことです。私たちはもはや彼らからも、彼らの同類からも、何も学ぶものがないのですから。今日《こんにち》、私たちを教え導くことのできる作家とは、この新しい形態の社会に完璧に馴染んでいる作家であり、前述の作家たちが不自由だと感じていたものに、むしろ高揚させられるような作家です。言い換えれば、称賛し、喜び、褒めたたえる作家なのです、と。

ところが、私の考えはまったく逆で、こういう称賛者たちの書くものは教え導く価値にまったく乏しいと思うのだ。文化を発展させるためには、大衆はそういう者たちの声を聞いても仕方がない。自らを耕そうと思うなら、深く考えさせるよう強いるもの以上に尊いものなど何もないのである。

「鏡としての文学」とでも呼びうるであろうものについて、つまり（ある社会やある出来事、ある時代の）反映でしかないような文学については、私はすでに自分の思うところを述べたことがある［ジッドは一九三五年六月二十二日に行った演説「文化の擁護」の中でこう言っている。「文学の役割は鏡ではない、あるいは少なくともそれだけではない。（…）おそらく、そして何よりも、私たちが愛する、私たちが欲するあの新しい人間がしきたりや闘争や見せかけから抜け出るのを助けるためにあるのだ。（…）文学は模倣するだけに甘んじてはいない。文学は教え、提案し、創造するのだ」］。

自分自身を見つめること（そして自画自賛すること）は、まだきわめて若い段階にある社会が最初に行うことかもしれない。けれども、最後までそのことしか気にかけないのだとすれば、それは大変残念なことと言わねばならないだろう。

Ⅵ

セバストポリが、私たちの旅の最終地点である。おそらく、ソ連にはもっと興味深い都市やもっと美しい都市がいくつもあるだろう。だが、これほど私の心にいつまでも残り続けるだろうと感じた都市はほかにはなかった。スフミやソチほどには優遇されず、整備されていないセバストポリで、私は、その欠点や欠乏や苦しみも含めた、ロシアの社会と生活の全体を見いだしたのである。残念ながら、人間にもっと多くの幸福を可能にし、約束してくれるはずのその勝利、その成功の傍らで、依然として人々は苦しんでいるのだ。日が経《た》つにつれて、輝かしい光は影を和らげていったが、その反対に、影を濃くしもしたのである。最も輝かしい光と同じくらい、私がここで見ることのできた最も暗い部分もまた、すべてが私を——時には痛いほどに——この大地に、あの団結した人々に、新しい未来を約束し思いがけないものが花開くかもしれないあの新しい風土に、結びつけてくれていたのだ。そのすべてに、私は別れを告げなければならなかったのである。

そしてすでに、未《いま》だ経験したことのない苦悩が私を締めつけはじめていた。パリに戻ったら、私は一体何を言えばいいのだろう。私が早くも予感している質問にどう答えればいいのだろう。人々は間違いなく私に一刀両断の審判を期待しているはずだ。けれども私はソ連で代わる代わる（心の中で）熱くなったり、冷めてしまったりを繰り返したのである。それを一体どう説明したらいいのだろう。私はあらためてソ連への愛を宣言して自分のためらいを隠し、嘘をついてすべてを称賛するべきだろうか。いや、そんなことをすれば、かえってソ連そのものにも、そしてソ連が体現していると見える大義にも、背くことになるだろう。私は強くそう感じている。とはいえ、この二つをあまりに狭く結びつけてしまうのも、重大な過ちであろう。今ソ連で起きている嘆かわしいことの責任を、その大義に帰《き》してはならないのである。

ソ連がスペインを支援しようとしていることは、かの国が今でもまだ軌道修正が可能であり、喜ばしい回復力を持っていることを示している。

ソ連はまだわれわれに教えを示すことも、われわれを驚かせることも、やめてはいない。

補遺

I

演説　マクシム・ゴーリキーの葬儀に際し、モスクワ赤の広場にて（一九三六年六月二十日）

マクシム・ゴーリキーの死は、ひとりソヴィエト国家のみならず、世界全体を悲しみの底に沈めました。ゴーリキーが私たちに聞かせてくれたあのロシアの民衆の偉大な声は、はるか遠い国々にまでそのこだまを響かせています。だからこそ、私はここで、単に私の個人的な悲しみだけではなく、フランス文学の、ヨーロッパ文化の、全世界の文化の、悲しみを表明しなければなりません。

文化は長い間、特権的な階級に専有されてきました。教養を身につけるためには、余暇を持たなければなりませんでした。大多数の人々があくせくと働き、そのおかげでごく少数の人々が人生を楽しみ、知識を豊かにすることができたのです。そうして文化や文芸や芸術の園は、一部の私的な所有物であり続けてきたのでした。そこに入ることができるのは、最も知的な者でも、最も才能に恵まれた者でもなく、単に子どものときから貧しさを知らずに過ごしてきた者たちだけだったのです。知性が必ずしも富に伴うものではないことは、おそらく誰もが知っているでしょう。たとえば、フランス文学において、モリエール、ディドロ、ルソーのような人たちは、民衆の中から出てきました。けれどもそれを読んでいたのは有閑階級の人たちだったのです。

あの大いなる十月革命がロシアの民衆を奥底から揺り動かしたとき、この大きな波は文化を飲み込んでしまうのではないかと、西洋では盛んに言われ、そう信じられさえしました。文化がある種の特権であることをやめてしまったら、たちまち危機に瀕《ひん》するのではないかと。

この問いに答えるために、あらゆる国の作家たちが緊急の義務をはっきりと感じて結集したのでした。そう、たしかに文化は脅かされています。けれども、文化にとっての危険は、決して革命と解放を起こした力の側からではなく、逆に、その力を屈服させ、打ち砕き、精神さえも押さえつけようとする者たちの側からやって来ているのです。文化を脅かすもの、それはファシズムであり、偏狭で不自然なナショナリズムであり、それらは真の愛国主義《パトリオティズム》、祖国への深い愛とは、何の共通点もありません。文化を脅かすもの、それは、こうした憎悪に満ちたナショナリズムが宿命的に、必然的に引き起こすことになる戦争なのです。

私は今ちょうどロンドンで開かれている文化擁護のための国際作家会議の司会を務めることになっていましたが、マクシム・ゴーリキー重体の報に接し、急遽《きゅうきょ》モスクワにやってまいりました。すでにこれまで数多くの栄光に満ちた出来事や悲劇的な出来事の舞台となってきた、この赤の広場において、そして多くのまなざしが注がれるレーニン廟《びょう》の前に立って、私は、ロンドンに結集している作家たちの名と、そして私の名において、高らかに宣言したいと思います。文化を守り、文化を擁護し、文化を新たに顕揚する義務と努力は、大いなる国際的な革命勢力にかかっていると。文化の行く末は、われわれの精神の中で、ソ連の運命そのものと結びついているのです。われわれはソ連を擁護します。

それぞれの国の国民に固有の利害を超えて、ある共通の大きな欲求が、すべての国のプロレタリア階級を結び付けるのと同様に、各国の固有の文学を超えて、それぞれの国民文学の中にある真に生き生きとした人間的なものから作られた一つの文化が、スターリンの言う「形式においては国民的であり、内容においては社会主義的」な文化が、花開くのです。

私はこれまで、作家はその独自性を最大限に発揮することによって、最も普遍的な価値に到達することができる、なぜならその作家は最も個人的になることによってこそ、最も人間的になるからである、と繰り返し書いてきました。マクシム・ゴーリキーほどロシア的な作家はいませんでした。そして、だからこそ、ゴーリキーほど世界中でその声が聞かれたロシアの作家はいなかったのです。

私は昨日、ゴーリキーの棺《ひつぎ》の前に列をなして進む民衆の姿を見ました。女性たち、子どもたち、あらゆる種類の労働者たちからなるこの群衆を、私はいつまでも眺めて飽きることがありませんでした。マクシム・ゴーリキーは、この人たちの声を代表する者であり、そして友人であったのです。私は悲しみとともにこう思ったものです。この人たちは、ソ連以外のどんな国でも、こうした場所に入ることを許されない人々だろうと。彼らは、文化の園の前で、まさしく、あの厳《いか》めしい「私有地につき立入禁止」の立て札に行く手を阻まれる人たちなのだと。ところが今や、彼らのしていることは、彼らにとってごく自然なことのようなのです。それが、西洋人である私にはまだこんなにも特別なことに見えるのです。そう思うと、私の目には涙が浮かんできました。

私はこう考えました。ソ連では実に驚くべき新しいことが起きていると。これまで世界中のあらゆる国で、価値のある作家というのは、ほとんどいつも、多かれ少なかれ革命家であり闘士でした。多かれ少なかれ意識的に、そして多かれ少なかれ間接的に、何かに逆らって思考し、書いてきたのです。同意することを自らに禁じてきたのです。作家は、人々の精神の中、心の中に、不服従と反逆の酵母をもたらしてきました。生活に満足している人々や権力者、当局や伝統に、もしもっと聡明さがあれば、躊躇《ちゅうちょ》なく作家を敵と見なしたことでしょう。

今日、ソ連において初めて、この問題はまったく違う形で提起されています。[57]すなわち、作家は革命家でありながら、もはや反対者ではなくなってしまったのです。それとはまったく逆に、作家は大多数の人々の願いに、全民衆の願いに、そして最も感嘆すべきことに、民衆を指導する為政者たちの願いにまでも、応える存在になっているのです。こうなると、旧来の作家と社会の問題はまるで消滅してしまったかのようです。あるいはむしろ、あまりに新しい状態に転移してしまったために、私たちの精神がまだ面食らったままでいるとでも言ったらいいでしょうか。まったく新しい空に、新しい星々を輝かせるが如《ごと》く、今まで思いもよらなかった新しい問題の数々を浮かび上がらせたことは、間違いなくソ連の誇る大きな栄誉の一つ、我らの旧世界をいつまでも震撼《しんかん》させ続けているあの驚異の日々［十月革命のこと］の栄誉の一つとなるでしょう。

マクシム・ゴーリキーは、この新しい世界を過去に結びつけ、さらに未来へ繋《つな》げるという、栄えある特異な運命を持った作家です。彼は一昨日の圧政を生き抜き、昨日の悲劇的な闘いを経験しました。そして、今日《こんにち》の穏やかで輝かしい勝利に力強く貢献したのです。彼は、未《いま》だ自分の声を聞かせることのできなかった者たちに、自らの声を貸し与えました。その者たちは、今や彼のおかげで、自らの声を届かせることができるのです。今やマクシム・ゴーリキーは歴史となりました。彼は最も偉大な者たちの傍らに、その地位を占めているのです。

57 〔原注〕ここで私は見当違いのことを言っていた。残念ながらあとになって私はそのことを認めなければならなかった。

Ⅱ

演説　モスクワの学生たちに（一九三六年六月二十七日）

同志諸君。ソヴィエトの若者を代表する諸君。今日こうして君たちに迎え入れられた私の感動はまことに深いものであります。この感動が何ゆえにかくも深いのか理解していただくために、私はいささか自分自身のことを話さなければなりません。君たちも共感をもって私を迎えてくれるので、なおさらそうしたいと思うのです。その共感に、私は多少なりと値すると自負しています。またそう考え、そう口にしても、それほど自惚《うぬぼ》れることにはなるまいと思っています。そのわけは、私がずっと前から君たちのような若者が現れるのを待ち続けていたからです。長い間、私は待ちました。君たちがいつか必ずやってくるという確信と信頼をもって待ち続けたのです。そして今、君たちはこうしてついに姿を現してくれました。長い間、私は周囲に理解されず、誰にも応えてもらえず、孤独を味わってきました。けれども今こうして歓待を受け、自分の苦労が報われたと感じています。そう、本当に私は、君たちの共感こそが、私への真の報酬だと思っているのです。

同志ルイ・アラゴンの思い切ったイニシアチブのおかげで、彼の編集のもと、雑誌『コミューン』がパリで生まれたとき、アラゴンはアンケートを行うことを考えました。彼はフランスの作家たち一人一人にこう尋ねたのです。「あなたは誰のために書いていますか」。私はこのアンケートには答えず、アラゴンにどうして自分が答えなかったか説明しました。それは、自分の答えを書くと――それはまさしく真実であるにもかかわらず――どうしても気取って見えると思ったからです。私の答えはこうです。私は常にこれからやってくる者たちのために書いている、と。

人から拍手喝采されるかどうかなど、私はほとんど気にしないでやってきました。そうした拍手喝采は、ブルジョワ階級からしか起こり得ないからです。私自身もその階級の出身ですし、また、ずっとそこに属してきたことは認めなければなりません。けれども私は、まさにその階級をよく知っているがゆえに、その階級に対して大きな軽蔑を抱いてきましたし、私のうちにあるよりよきものはことごとくブルジョワたちに対して反抗してきたのです。私は生来病弱だったために、長くは生きられないと思っていましたし、成功を知ることなくこの世を去るだろうと覚悟していました。自分は死後に評価される作家だと自認していました。ほとんど無名のまま死に、ただ未来のためにのみ書いた、たとえばスタンダール、ボードレール、キーツあるいはランボーのような作家の一人だと自分をみなし、彼らの純粋な栄光を羨《うらや》んでさえいたのです。私は心の中で「私の本の読者はまだ生まれてきていない」と繰り返し念じつつ仕事をしてきました。まるで人のいない砂漠の中で語っているような辛《つら》い、けれども高揚するような気分でした。人は砂漠の中ではとてもうまく語ることができます。どんなこだまも自分の声の響きをゆがめてしまうおそれがないからです。自分の言葉が引き起こす反響を気にする必要がないからです。そして、誠実に語るということ以外ほかのどんな気遣いにも煩わされる心配がないからです。大衆の好みが誤っているとき、しきたりの方が真実よりも優先されているとき、こうした誠実さが気取りと取られることがあるということは指摘しておくべきでしょう。そう。私は気取った作家だとみなされていました。私の本は読まれず、私は人々にそう思われていると感じていました。

私は、自分が誰よりも尊敬する、先ほど名を挙げた偉大な作家たちの先例に、慰めを見いだしていたものです。私は、自分が生きている間はまったく成功しないだろうと覚悟していましたし、後世が私を評価してくれると固く信じていました。ほかの人たちが賞状をしまっておくように、私は『地の糧』の売り上げ票を保管しています。二十年の間（一八九七—一九一七）、正確に五百人しか買ってくれた人がいませんでした。あの本はまったく大衆に知られることなく、批評家からも無視されたのです。あの本に関する記事は一切出ませんでした。いえ、より正確に言えば、私の友人による二本の記事以外には何も出ませんでした。その後、この本はとてつもない成功を収め、今日の若い世代に大きな影響を与えることになります。そのことを考えあわせると、私がわざわざこんな話をする意味もわかるのではないでしょうか。

『地の糧』に限った話ではありません。概して私の本はどれも売れませんでしたが、それはその本の価値と新しさとに直接起因していたのです。

私はこのことから「凡庸な作品でなければすぐには成功しない」などという逆説的な結論を引き出そうと思っているわけではありません。そんなことを私は考えていません。ただ私が言いたいのは、ある本の深い価値、ある芸術作品の深い価値は、必ずしもすぐに認められるとは限らないということです。それはとりもなおさず、芸術作品というものは、単に現在にだけ差し向けられているのではないということです。真に価値のある作品とは、たいていあとになってからしか理解されないメッセージにほかなりません。もっぱら今現在の喫緊の欲求にだけ応えている、そしてその欲求に完璧に応えている作品というのは、やがてまったく無意味なものに見えてしまうおそれがあります。

新しいロシアの若者である諸君、諸君は今や理解されたでしょう。私がどうしてこんなに嬉々として私の『新しき糧』を君たちに捧《ささ》げたか。それは、君たちの中にこそ未来があるからです。未来は外からやってくるのではありません。未来は君たちの中にあるのです。ひとりソ連の未来だけではありません。というのもソ連の未来に世界全体の運命がかかっているからです。その未来、それを作るのは、君たちなのです。

気をつけなさい。警戒を解いてはなりません。君たちの肩には恐るべき責任がのしかかっています。君たちより年長の同志たちが惜しみなくその努力と血を捧げて成し遂げた勝利の上に安住してはなりません。彼らが空から追い払ってくれた分厚い雲は、今もなお世界の多くの国を覆っています。ぐずぐずしていてはなりません。私たちの視線が、西洋世界の奥底から、常に君たちに注がれていることを忘れないでください。そのまなざしは愛と期待と大きな希望に満ちています。

III

演説　レニングラードの文学者たちに（一九三六年七月二日）

レニングラードの美しさと魅力、そして積み重ねられたその歴史の豊かさに、私はたちまち魅了されました。確かにモスクワは、私の心と知性にとって限りない関心を呼び起こすものでしたし、ソ連の〈輝かしい〉[58]未来は、モスクワにおいて力強く描き出されております。けれども、モスクワで私の目に浮かんできたものは、ナポレオンの征服という歴史的記憶、あっという間に破壊され消え去ったあの虚《むな》しい労力のほかにはなかったのに対し、レニングラードでは、数多くの建造物が、ロシアとフランスの知的交流が持ち得た最も親密で最も豊饒《ほうじょう》な絆を思い出させてくれるのです。私は、かつてのこの交流の中に――当時の文化がその持てる力のすべてを発揮して、寛大さ

58　〔原注〕ここに「輝かしい《グロリュー》」という形容詞を付け加えるのが望ましいと私は人から勧められた。

や普遍性、新しさや大胆さを競い合ったあの精神的な切磋琢磨《せっさたくま》の中に――一種の前触れ、準備、無意識の約束のようなものを見てとり、嬉《うれ》しい気持ちになるのです。そう、今日《こんにち》において革命的国際主義が実現しなければならないとされているものの約束です。とはいえ、一つ指摘しなければならないことは、こうした過去の交流は個人的なものであったこと、いわば偉大な文化人と（偉大な）[59]君主との間、あるいは偉大な文化人同士の間のものにとどまっていたことです。しかし、今日確立されている交流、私たちが実現に努めている交流は、それよりももっとはるかに深いものです。なぜなら、この交流は民衆自身の同意を伴うものであり、知識人も労働者も、あらゆる種類の人々をことごとく一挙にまとめ上げているものだからです。このようなことは、これまで一度も実現したことはありませんでした。それゆえ、私は今ここで、私個人の名において話しているのではありません。そうではなく、ここでソ連への愛を繰り返し述べながら、私は全フランスの労働者たち全員の気持ちを表明しているのです。

今こうして私と、そして私の僚友たちが、皆さんとともにいるということが、新たな知的交易の可能性をもたらすものだとすれば、私にとってこれほど嬉しいことはありません。ある種のナショナリストたちが乗り越えがたいと主張する人種の壁という考え方に対して、私はいつも立ち上がってきました。彼らの言うところによれば、この壁があるために、さまざまな民族は永久に理解し合うことができず、精神を相手に伝えることも、この精神が他者の精神の中に入っていくことも不可能になっているというのです。けれども、私はここで喜んで皆さんに申し上げたい。私は少年時代から、当時は何か理解しがたい神秘のように言われていたスラブの魂に対して、ことのほか親密な友愛の念を感じていたということを。皆さんの国の文学の偉大な作家たちと、私は深く結びつき、まるで一体であるかのごとく感じていました。中学を出る頃から、私はそうした作家たちを知り、愛するようになりました。ゴーゴリ、ツルゲーネフ、ドストエフスキー、プーシキン、トルストイ、それからもっと後になってからは、ソログープ[60]、シチェドリン[61]、チェーホフ、ゴーリキー――ここでは故人の名を挙げるにとどめておきますが――こうした作家たちを、私はどれほどの情熱をもって読んだこ

59　〔原注〕この「偉大な《グラン》」は「君主《モナルク》」にはふさわしくないので削除するように要請された。
60　フョードル・ソログープ（一八六三―一九二七）。ロシアの小説家、詩人。幻想的・耽美的な作品を残した。代表作に小説『小悪魔』、詩集『碧い空』など。

とでしょう。そしてどれほどの感謝の念をもって、とも申し上げていいでしょう。というのも、これらの作家たちは、それぞれにきわめて独創的な芸術でもって、人間一般、そして私自身について、きわめて驚くべき啓示をもたらしてくれたからです。彼らは、それまでほかの文学が未開のまま残していた──と私には思われた──魂の領域を探査し、繊細さと力強さと、そして愛があるゆえに許される無遠慮さをもって、人間という存在の最も深いところを、その最も特別で、かつ最も人間的だと言えるものを、一挙につかみ取ったのです。私は自分の全力を傾けて飽くことなく、過去のロシア文学そして現在のソ連の文学をフランスに紹介し、フランスの人々に愛してもらおうと努めてきました。私たちは外国についてしばしば誤った情報を持っているものですし、他の国民について重大な錯誤を犯したり、大変残念なことですが、知らないでいたりすることもあるかもしれません。しかしながら、私たちはみな、熱く燃える好奇心を持っています。ピエール・エルバールと私に合流してやって来た同志たち、ジェフ・ラスト、シフラン、ダビ、そしてギユー──このうちの二人は共産党員でありますが──はみな強い好奇心を持っています。彼らはみな、私と同じように、このソ連旅行が私たちに光を与え、多くを教えてくれることを願っています。そして帰国した暁には、ソ連が私たちの旧世界にもたらしてくれるに違いないすべての新しさに対して途方もない渇望と好奇心を抱いているフランス国民を啓発することに力を注ぐことができればと願っているのです。皆さんがここで私たちに示してくださっている共感は、そうした願いを持つ私をとても勇気づけるものです。フランスに残っている多くの人たちに代わって、今ここで私たちの親愛に満ちた感謝の念を表明することを、私は喜びとするものであります。

61　ミハイル・サルトィコフ・シチェドリン（一八二六―八九）。ロシアの小説家。寓意《ぐうい》と風刺を駆使して農奴制ロシアの政治的腐敗を描いた。代表作に『ある町の歴史』『ゴロブリョフ家の人々』など。

Ⅳ

反宗教闘争

私はモスクワにある反宗教博物館はどこも見学しなかったが、レニングラードにある反宗教博物館には行ってみた。それは聖イサク大聖堂の中にある。照り映える黄金のドームが町全体にえもいわれぬ光を投げかけていた。大聖堂の外観は実に美しい。だが内部はひどいものだ。そこに残されている大きな宗教画の数々は、神を冒瀆《ぼうとく》する言葉に格好の材料を提供するだろう。実際、それらの絵はまったくおぞましい状態だったのだ。博物館自体は、私が恐れていたほどには不敬なものではなかった。むしろ宗教的神話に科学で反論するという体《てい》のものであった。何人かガイドを務める人たちがいて、さまざまな光学器械や天体図、あるいは博物学や解剖学、統計学などの図表を展示しただけではうまくのみ込めない見学者たちを説得する役を買って出ていた。それはまずまず穏当なやり方であり、さほど礼を踏みにじるようなものではなかった。どちらかと言えばルクリュ[62]やフラマリオン[63]のやり方であり、レオ・タクシル[64]ではなかった。なかでも手酷《てひど》い攻撃を受けていたのは、たとえば司祭たちである。だが私はそのちょうど数日前、レニングラード近くの、ペテルゴフに通じる街道で一人の本物の司祭とばったり出くわしていた。その司祭の風貌は、すでにソ連の宗教博物館のすべてを合わせたよりもはるかに雄弁であった。私はそれをここに描写しようとは思わない。化け物のように醜悪で滑稽《こっけい》なその姿は、まるでボルシェヴィズムが村々から信仰心を永久に追放してしまうためにわざと異様に作り上げた案山子《かかし》のようだった。

それとは逆に、Xに着くほんの少し前に訪れた、とても美しい教会の修道院長の素

62　エリゼ・ルクリュ（一八三〇―一九〇五）。フランスの地理学者でアナーキスト。パリ・コミューンに参加した後、スイスに亡命。

63　カミーユ・フラマリオン（一八四二―一九二五）。フランスの天文学者。フランス天文学協会の創始者で天文学の大衆化に貢献。

64　本名マリ・ジョゼフ・ガブリエル・アントワーヌ・ジョガン゠パジェス（一八五四―一九〇七）。レオ・タクシルは筆名。聖職者を攻撃する著述活動を展開し、裁判沙汰となった。その後、今度はバタイユ博士の筆名で、フリーメーソンを世界的な陰謀をたくらむ悪魔主義の集団だと攻撃するニセの暴露本を刊行し、カトリック教会とフリーメーソン両者を巻き込む騒動（レオ・タクシル事件）を起こしたことで知られる。

晴らしい相貌は忘れることができない。その立ち居振る舞いに表れる何という品のよさ！ その顔立ちの何という気高さ！ 哀しみと諦めを含んだ何という誇り高さ！ 一言も言葉を交わしたわけでもなく、私たちに何か合図を送ってきたわけでもない。視線が交わることすらなかった。それでも私は、見られているとはつゆ疑っていない彼を見つめながら、思い浮かべずにはいられなかった。ボシュエ[65]がその壮麗な演説の才をいかんなく発揮し、情熱の高まりを抑えきれず語った、あの福音書の一節〈それでもなおゆだねた《トラデバト・アウテム》[66]〉を。

セバストポリ近郊にあるケルソネソス[67]の考古学博物館もまた教会の中に設けられている[68]。壁画の数々はそのまま残されていたが、それはおそらくその汚い状態をこれ見よがしに見せつけるためだろう。ところどころ説明書きのパネルが添えられている。キリストの肖像の下にはこんなふうに書かれていた。「伝説上の人物であり、実在しない」

この反宗教闘争を遂行するにあたり、ソ連のやり方は決してうまくなかったと私は思っている。マルクス主義者たちはあくまで歴史にのみ立脚して、キリストの神性を

否定し——何ならその存在さえも——教会の教理《ドグマ》を廃棄し、神の啓示の権威を失墜さ

65　ジャック・ベニーニュ・ボシュエ（一六二七—一七〇四）。フランスの聖職者、説教家。文学的完成度の高いその説教や演説から、フランス文学史上最大の雄弁家の一人として知られている。

66　tradebat autem。この言葉は、新約聖書「ペトロの手紙一」のヒエロニムス訳や、二十世紀に入るまで使われた教皇クレメンス八世によるウルガタ（ラテン語訳聖書）にある。その一節を訳せばおおよそ次のとおり。「かの人［キリスト］は、罵られても罵り返さず、苦しめられても脅さず、それでもなお、自分に対して不当な裁きをした者の手に自らをゆだねた」。ボシュエは「イエス・キリストの受難について」という説教の中でこの一節を取り上げ、この「それでもなお［…］ゆだねた」をラテン語で繰り返し引きながら、模範としてのキリストの受難の意味を語っている。なお現在公認されている聖書の解釈では「不当な」は「正当な」の意味に解されているため、この「tradebat autem」の語は存在しない。参考のために現行の日本聖書協会の新共同訳を引くと「ののしられてもののしり返さず、苦しめられても人を脅さず、正しくお裁きになる方にお任せになりました」（「ペトロの手紙一」2章23節）。

67　黒海北岸、クリミア半島南端にあった古代ギリシアの植民都市。東ローマ帝国時代には交易の拠点として栄えた。現在は遺跡が野外博物館として公開されている。

68　［原注］ソチ近郊にある別の教会では、ダンス教室が開かれていた。主祭壇のところで何組かのカップルがフォックストロットやタンゴの音楽に合わせてくるくると回っていた。

せることができたはずである。キリスト教は少なくともかつて世界に新しい希望をもたらし、革命を可能にした並外れた酵母となったものだが、それでもその教えをごく単純に人間として、批判の精神をもって検討したいというのならそうすればよかったのだ。教会自身がその教えをいかにして裏切ったのか、人間の解放を説く福音書のあの教義《ドクトリン》がいかにして——残念なことだが——教会と結託しながら、最悪の権力の濫用に力を貸してきたのか、その詳細を述べ立てることは、いくらでもできたはずである。沈黙のうちにやり過ごしたり、ただ否定したりするよりは、どんなことでもはるかにましだった。しかし実際にはそうしたことはまったく起こらなかった。この件に関してソ連の人民は何も知らない状態に留め置かれている。そして、そのように無知であるために、彼らは批判することもできず無防備なままである。神秘主義という伝染病が蔓延《まんえん》するかもしれないというのに、いわばそれに対するワクチンを接種していない状態にさらされているのである。

さらに重要なことがある（私が今言ったのは、一番狭い、実際的な側面からの批判に過ぎない）。それは、福音書——ならびにそこから流れ出てくるすべてのもの——にまったく無知であったり、完全に否定したりすることは、人類とその文化を、きわめて嘆かわしい形で、必ずや貧しくしてしまう、ということである。こう言ったからといって、私が古臭い教育や信念の匂いを身に沁《し》みつかせた人間だとは思わないでほしい。私はギリシア神話についても同じことを言うだろうし、そうした神話もまた深い普遍的な教えを持っていると考えている。もちろん、それらの神話を文字どおり〈信じる〉のは馬鹿げている。だが同様に、そこに息づいている真実の部分を認めようとせず、笑みを浮かべて肩をすくめ、そうしたものとの関係をあっさり清算してしまえると考えるのもまた馬鹿げていると思うのだ。宗教が人間の精神の発展を止めてしまったり、信仰心が人間の精神を歪《ゆが》めてしまったりすることはありうる。私はそうしたことを十二分に承知しているし、〈新しい人間〉がそうした一切から解放されることはよいことだと考えている。私はまた、農村やその他あらゆるところで（私はツァーリの后《きさき》の居室も訪れたことがある）、ぞっとするようなおぞましい道徳が迷信のために維持されていることを――しかも司祭までもがそれに加担していることを――認めるし、どこかで一度そうしたものを一掃してしまう必要があると人々が感じたことも理解できる。だが、それにしても……と思うのだ。ドイツ語には見事な比喩があって、それに当たるものをフランス語で探しても見つからないのだが、それが私にはうまく言えないことを表現してくれる。すなわち「風呂の水と一緒に赤ん坊まで流してしまった」というのがそれである。何もかも見境なく一緒くたにし、あまりにも拙速にことを運んでしまったという意味だ。風呂の水が汚く、悪臭を放っていたこと、それはあり得るし、私もそう信じるに吝《やぶさ》かではない。だが、その水があまりにも汚すぎたために、誰も赤ん坊のことを気にかけなかったのではないか。そうしてよく調べもせずに一気にすべてを捨ててしまったのではないか。

今頃になってまた、和解の気持ちからか、寛容からか、教会の鐘を鋳直《いなお》しているという話を聞く。だが私は大いに恐れるのだ。それがまた新たな始まりになりはすまいかと。風呂桶がまた汚れた水で満たされるのではないかと……しかも今度は中に赤ん坊がいないままで。

V

オストロフスキー

私は心の底からの深い尊敬の念を込めずには、オストロフスキー[69]について語ることができない。もし私たちがソ連にいるのでなければ、私はこう言っただろう。彼は聖人だ、と。宗教はこれ以上に立派な人物を作り上げたことがない。何も宗教のみがこれほどの人間をこしらえるわけではないという、その証拠がここにある。熱く燃える確信があればそれで十分なのだ。未来において報われるだろうという希望などいらな

69　ニコライ・アレクセーヴィチ・オストロフスキー（一九〇四―三六）。ソ連の作家。赤軍志願兵として内戦に参加するが、前線で重傷を負って除隊。その後、進行性の難病に侵され寝たきりとなり、さらに視力も失うが、病床生活の中で自伝的長編小説『鋼鉄はいかに鍛えられたか』（一九三二―三四）を書き上げる。貧困と内戦を体験し、病気に侵されながら革命の闘士へと成長していく青年の姿を描いたこの小説で作家としての名声を得る。一九三五年にレーニン勲章を受章。

い。ただ禁欲的に義務を果たしたという、その満足感だけが唯一の褒美なのである。

ある不慮の災難のために、オストロフスキーは失明し、全身不随となった。オストロフスキーの魂は、外界との接触をほぼすべて奪われ、根を張るべき地盤も失って、はるかな高みで伸び広がったように見える。

私たちは彼のベッドのそばに駆けつけた。彼はもう久しい以前から床を離れることができないのである。私は彼の枕元にある椅子に腰掛け、彼に手を差し出した。彼はその手を握った、いや、むしろこう言うべきかもしれない、まるで自分を生に繋《つな》ぎ留めてくれる命綱のようにその手にしがみついた、と。私たちの訪問の間じゅう、彼の痩せ細った指はずっと私の指を撫《な》で続け、繰り返し私の指にその指を絡ませてきた。そうして、震えるような共感の迸《ほとばし》りを私に伝えてくるのをやめなかった。

オストロフスキーはもう目が見えない。だが彼は話すことができる。聴くことができる。彼の思考は、もう何ものも彼の邪魔をしには来ないだけに、なおいっそう活発に働いている。とは言え、おそらく体の痛みには悩まされているはずだ。だが彼は嘆いたりすることはなく、その痩せこけた美しい顔は、まだなお笑みを浮かべることができるのである。ゆっくりと死に向かっているにもかかわらず。

　彼が寝ている部屋は明るかった。開いた窓から鳥の歌声が聞こえ、庭の花の香りが漂ってくる。何もかもが本当に落ち着いていた。彼の母親や妹、友人たち、訪問客たちが、ベッドからそう遠くないところで控えめに座っている。何人かは私たちの会話をノートにとっている。私は彼の驚くべき不屈の精神にどれほど励まされていることか、と彼に言った。だが、称賛の言葉は彼を当惑させるようだった。賛美されるべきはソ連であり、この偉大な、成し遂げられた努力なのである。彼に興味があるのはそのことだけであり、自分自身のことではないのだ。私は彼を疲れさせるのを恐れて、三度別れの言葉を口にした。これほどに断固たる不撓不屈《ふとうふくつ》の熱意を持ち続けていては、へとへとに疲れきるだろうとしか思えなかったからだ。しかし、彼は私にもっと残っていてくれと懇願した。彼は話したいようだった。私たちが立ち去った後もきっと彼は話し続けるのだろう。そして彼にとって、話すということは、書きとらせるということである。そうやって彼は自分の生涯を語ったあの本を書く（書かせる）ことができたのだ。今は別の本を口述しているところだと彼は言った。朝から晩まで、さらには夜更けまで、彼は仕事をしている。ひたすら口述し続けている。

　ようやくのことで私は辞去するために立ち上がった。彼は私に抱擁してくれと言った。彼の額《ひたい》に唇を押し当てながら、私は涙を抑えることができなかった。不意に、ずっと前から彼を知っているような気がした。今別れようとしているのは友達なのだという気がした。それと同時にまた、彼の方こそが私たちから離れていくのだ、これから死にゆく人のもとを私は離れようとしているのだという気もした……。だがこうやってもう何カ月も何カ月も、彼は死の近くにとどまり続けているのだそうだ。そしてただ情熱だけが、この衰弱した体の中に今にも消え入りそうな炎を灯《とも》し続けているのだという。

VI

あるコルホーズ

そういうわけで、[70]十六フラン五十サンチームというのが日当になるわけだ。大した金額ではない。けれども、コルホーズの組長の説明によれば――私の同行者たちが泳ぎに行ってしまったので（このコルホーズは海辺にあったのである）私はこの組長と長々と話したのだが――「日当」という言い方は昔からの慣習上そう呼ばれている単位に過ぎず、腕のいい労働者なら、一日で二倍、あるいは三倍もの「日当」を手にすることもあるというのであった。[71]彼は私に労働者一人一人の個人手帳と計算書――それらはどれも一つ一つ彼の手を経るのである――を見せてくれた。そこには仕事の量

70　唐突な書き出しに見えるが、本文Ⅱ（59～61ページ）の記述に続ける形で書かれたものだろう。

71　〔原注〕計算は「日当」を十分の一ずつに分けた単位を基準に行われる。

ばかりではなく、仕事の質までもがきっちりと計算されていた。各班長がそれを報告し、組長の彼はその報告をもとに支払書を作るのである。それにはかなり複雑な簿記が必要になり、彼はやや過労気味だとこぼしていた。それでも非常に満足しているのである。というのも、彼はすでに今年に入って三百日分の日当（に相当する額）を自分の取り分として稼いだことになるからだ（私たちが話したこのとき、まだ八月三日だった）。この組長は五十六人の労働者を率いている。労働者たちと彼の間に何人かの班長がいる。つまり、一種の階級制《ヒエラルキー》である。だが「日当」の基準額は全員変わらない。さらに、みんなそれぞれコルホーズでの仕事を済ませた後、自分の菜園で耕作したものを自分個人のものにすることができる。

コルホーズの仕事には、規則で決められた時間があるわけではない。緊急の必要がない限り、それぞれが働きたいときに働けばよいのである。

そこで疑問に思い、こう尋ねてみた。決められた「日当」分よりも少ない収穫しかもたらさない人はいないのですか、と。いいえ、そんなことは決してありません、というのが返答であった。おそらくこの「日当」というのは平均値ではなく、比較的簡単に達成できる最低値なのだろう。それに、ひどい怠け者はたちまちコルホーズから追い出されてしまうに違いない。コルホーズで働ける利点はきわめて大きく、むしろ誰もが喜んで入りたがるほどなのである。しかし、そう簡単には入れない。コルホーズで働ける人数には限りがあるからだ。

そうした特権に恵まれたコルホーズ労働者たちは月におおよそ六百ルーブルほど稼ぐという。技能に優れた「熟練」の労働者はさらにそれ以上もらうこともある。大多数の労働者は「非熟練」のわけだが、そうすると日々の賃金は五から六ルーブルである。[72] 単純作業の下働きはさらに安くなる。

国家はもっと多く分配してもよさそうに思う。だが、消費に供する食料物資がもっと増えない間は、給料を上げても、物価が上がるだけに終わる。というのが、少なくとも国家の側の言い分である。

72　〔原注〕言わずもがなのことを言い添えておくと、計算上、一ルーブルはフランスの三フランにあたる。つまり外国人はソ連に来ると三フランで一ルーブル紙幣を買うことになる。ところが一ルーブルの購買力は一フランのそれと大して変わらないのである。おまけに、多くの物資、それも必需品は、まだ恐ろしく高い（特に卵、牛乳、肉、バターなど）。ましてや衣料品ときたら……！

当面のところ、給料の差は、より優れた技能を身につけようという動機づけにはなっている。単純作業労働者は溢れ返っており、専門技能者や上級管理者が不足している。それを集めるのにあらゆる手を尽くしている状況である。ソ連に来て私は、すでにほとんどあらゆる場所で、技能訓練の制度が最下層の労働者にまで行き届いているのに驚いたが、その手厚さこそ、おそらく私がソ連で最も称賛するものである。そのおかげで（ただしそれを生かせるかどうかは彼らにかかっているが）、彼らはその臨時雇いの不安定な状況を抜け出すことができるのだ。

VII

ボルシェヴォ[73]

私はボルシェヴォを訪れた。ここは初め、ゴーリキーの発案により、突然大地に出現した人工の村に過ぎなかったが——確か六年ほど前だったと思う——今ではかなり大規模な都市になっている。

この町にはきわめて珍しい特徴がある。住民が全員、元犯罪者なのである。窃盗犯や殺人犯までいる。犯罪者というのは犠牲者であり、道を踏み外した者たちだ、したがって良識的な再教育を施すことで、彼らを優れたソヴィエト市民にすることができる——そういうアイディアに基づいてこの町は作られたのである。そしてボルシェヴォはまさにそのことを証明している。この都市は繁栄しているのだ。いくつかの工

73 〔原注〕後になって私は、このボルシェヴォというモデル都市で暮らすことを許されているのは、密告することに応じた犯罪者だけだということを知った（後述196ページ参照）。

場がそこに建設されたが、それらはすぐに模範的な工場となったのである。

ボルシェヴォの住民はみな改悛《かいしゅん》した者たちであり、誰からの指図も受けず、自分自身の意志に従って熱心な労働者として働いている。今ではみな規律正しく、穏やかで、何よりも良俗を守ることを気にかけており、知識や技術を学びたいという熱意に燃えている。それに応えるための方策もすべて整っている。私は彼らの工場を見学して感嘆しただけでなく、集会場やクラブや図書室なども案内してもらった。彼らの使う施設は、何から何まで、まさにこれ以上望めないほどのものであった。元犯罪者である彼らの顔や姿形、言葉遣いなどに、彼らの過去の人生の名残を探しても無駄である。この訪問ほど感銘を受け、安心させられ、勇気づけられたものはなかった。あらゆる犯罪は、それを犯した人間にではなく、その人間に罪を犯させた社会にその責めを負わせるべきだ、そんなふうに考えさせられたほどだった。彼らのうちの何人かを一人ずつ呼び、過去に犯した罪について話してもらった。そして、どうやって改心したのか、どんなふうにこの新しい体制の素晴らしさを認めるに至ったのか、また、それに従って暮らすことでそれぞれがどんなに満足感を覚えているか、といったことを語ってもらった。それを聞いているうちに、奇妙なことに私は、二年前オックスフォード運動[74]の大会がトゥーン［スイス、ベルン州中部の都市］で開かれたときに、信者たちが次々と模範的な告白をするのを聞いたことを思い出した。「私は罪人であり、不幸でした。私は悪いことをしていたのです。しかし今、私は悟りました。私は救われました。私は幸福です」。もちろんこういう言い方はやや単純化しており、乱暴にまとめすぎていて、人間の心理にうるさい人の欲求を満たすまい。しかしながら、ボルシェヴォの都市が、新しいソヴィエト国家が誇ることのできる最も華々しい成功の一つであることには変わりがない。人間がこれほど柔軟に新しく作り直されうる国がほかにあるのかどうか、私は知らない。[75]

74　十九世紀にオックスフォード大学を中心に起こったイギリス国教会内の改革運動。カトリック的要素の復活を掲げ、国教会の権威の回復を目指した。

75　ボルシェヴォ（ロシア語ではボルシェフスカヤ・トゥルドヴァヤ・コムーナ、ボルシェフの労働コミューンの意）は、一九二四年、OGPU（統合国家政治局、後のGPU《ゲーペーウー》）により、少年犯罪者の再教育を目的として、モスクワ近郊のコロリョフに作られた労働コミューン。しかしジッドがここを訪れた二年後の一九三八年（スターリンの〈大粛清〉の最盛期）、コミューンの運営幹部や教官たちはほとんどみな投獄ないし処刑され、コミューンは閉鎖された。

VIII

浮浪児《ベスプリゾルニキ》たち[76]

私はもう路上で暮らす浮浪児たちの姿を見ないですむのではないかと期待していた。だがセバストポリにはそういう子どもたちが溢《あふ》れていた。オデッサに行けばもっといるという話である。しかもこの子らは、革命当時にいたのとは少し違っていた。当今の浮浪児たちは、たぶん親がまだ生きているのである。この子らは生まれ故郷の村から逃げてきたのだ。何人かは、ただ冒険をしてみたいという理由で。しかし一番多い理由は、自分の住む村ほど惨めでひもじい場所がほかにあろうとは想像もできなかった、というものである。なかには十歳に満たない子どももいる。〈ベスプリゾルニキ〉はほかの子らよりもうんとたくさんの服を（よい服を、ではない）着ているので見分けがつく。つまり自分が持っているものを全部身に着けているのである。ほかの子どもたちはたいてい海水パンツ一枚しか穿《は》いていない（私たちが行ったのは夏だったので、灼熱の暑さだった）。上半身裸で、裸足《はだし》のまま通りを駆け回っているわけだが、だからといって、必ずしも貧しいというわけではない。彼らは海で水浴びをして出てきては、また浸かりに行くということを繰り返しているのだ。その子らにはちゃんと家があり、雨の日や冬に着るためのほかの服を置いておくことができる。一方、浮浪児《ベスプリゾルニク》には家がない。海水パンツのほかに大体ぼろぼろのセーターを着ている。浮浪児《ベスプリゾルニキ》たちがどうやって食べているのか、私は知らない。ただ私が知っているのは、パンを一切れ買うだけの金が手に入ったとき、彼らはそれを貪《むさぼ》るように平らげるということである。それでも彼らのほとんどは陽気である。しかし空腹で倒れそうになっている者もいる。私たちは彼らの何人かと話をしてみて、信頼を得ることができた。しまいには、天気が悪くて外で寝られないときに彼らがよく使うという場所まで見せてくれた。そこはレーニン像が立っている広場の近くで、波止場を見下ろす美しい柱廊《ポルチコ》の下だった。その柱廊を海に向かって降りていくと、左手に少し引っ込んだよ

76 〔原注〕捨てられた子どもたち［を意味するロシア語。Besprizorniki。革命後のソ連では浮浪児、いわゆるストリート・チルドレンがたくさん出現した。ベスプリゾルニキは複数形で、単数形はベスプリゾルニク］。

うになっているところがあり、小さな木の扉がある。向こうに押すのではなく、こちら側に引いて開ける扉である。ある朝、あまり人がいないときに――というのも、彼らの隠れ家を暴いてしまって、彼らが追い出されるようなことになるのを心配したからだ――そうやって私はその扉を開けてみた。すると、中は薄暗い小部屋になっていた。寝台が一つ置けるほどの広さで、ほかに窓や出入り口はなかった。ひもじそうな子どもが一人、袋の上で猫のように丸まって眠っているのが見えた。私は眠っている彼を起こさないようにそっと扉を閉めた。

ある朝、私たちの知っている浮浪児《ベスプリゾルニキ》たちの姿が見えなかった（普段は大きな公園の周りをうろついているのだが）。しばらくして、そのうちの一人をなんとか見つけることができたが、その子どもが教えてくれたところによれば、警察の取り締まりがあり、ほかの子どもたちはみな留置場に入れられてしまったということだった。私たちの同行者の中にも二人、その取り締まりを目撃したという者がいた。彼らが民兵に問いただしたところ、子どもたちは国家の施設に預けられるということだった。ところが翌日、子どもたちは全員また町に戻っていた。一体どうしたのか。「僕たちのことは要らないってさ」と子どもらは言う。むしろ彼らの方が規律を押し付けられるのを嫌って、逃げてきたのではないだろうか。警察がまた彼らを捕まえるのはたやすいだろう。貧しい路上生活から救い出してもらう方が、彼らにとって幸せであるようにも思える。それでも彼らは、人に何かを与えてもらうよりは、貧しくとも自由な方がいいのだろうか。

八歳になるかならぬかという小さな子どもが、私服警官たちに連れられているのを見た。警官は二人がかりだった。というのも、子どもは捕らえられた野生の狩猟獣のように暴れていたからだ。泣きじゃくり、わめきたて、足をじたばたさせてもがき、嚙《か》みつこうとしていた。一時間ほどしてから、また同じ場所を通りかかると、同じ子どもが今度は落ち着いて静かになっていた。彼は歩道に座り込んでいた。二人の警官のうち一人だけがその隣に立っていて、その子に話しかけている。子どもはもう逃げようとはしていなかった。警官に対して笑顔を見せている。大きなトラックが一台やってきて、止まった。警官が手伝って、子どもをそこに乗せてやる。どこへ連れて行くのだろう。私は知らない。このささいな出来事をここで語るのは、このときのこの男性警官の子どもに対する振る舞いほど、ソ連で私を感動させたものは、ほかにほとんどなかったからである。人を安心させるその声の優しさ（ああ！　彼が子どもに何と言っているかわかったらよかったのに）、微笑《ほほえ》みに込められたなんという愛情深さ、子どもを抱いて持ち上げたときの、愛撫するようなその抱擁のやわらかさ……。私はドストエフスキーの百姓マレイ[77]を思い浮かべていた。これを見るためだけでも、ソ連に来た甲斐《かい》があったと思ったものである。

77 〔原注〕『作家の日記』より〔『作家の日記』はドストエフスキーが雑誌に発表した種々の文章を集めたもので、「百姓マレイ」はそこに収められた短篇の一つ〕。

ソヴィエト旅行記修正（一九三七年六月）

I

『ソヴィエト旅行記』を出版したことで、私は多くの罵倒を浴びた。なかでもロマン・ロラン[78]からの悪罵は、私にはこたえた。これまで彼の書くものをいいと思ったことは一度もないが、少なくともその人間性だけは高く評価しているからである。だからこそ、私の悲哀は大きい。その偉大さの限界を露呈してしまう前に人生の終わりを迎えられる人の何と稀《まれ》であることか。『戦いを超えて』を書いたかつてのロランなら、今の年老いたロランに厳しい裁定を下すのではないだろうか。この鷲《わし》は安らぎの巣を作ってしまった。そこに安住するようになってしまった。

罵詈《ばり》雑言《ぞうごん》を浴びせてくる者たちとは別に、誠実な批評もいくつかあった。私はそれらの批評に応えるために、この文章を書いている。

なかでもポール・ニザン[79]の非難は――いつもはあれほど知的なのに――的外れで奇妙なものだった。「ソ連をもはや変わることのない世界のように描いている」というのである。彼がどこを見てそう思ったのか私にはわからない。ソ連は月ごとに変化している、とむしろ私はそう書いた。そしてそれこそが私を恐れさせることなのだ。月ごとに、ソ連という国家は悪くなっていく。私たちがそうであってほしい――そうなってほしい――と願っていたものからだんだんと遠ざかっていくのである。

78　ロマン・ロラン（一八六六―一九四四）。フランスの小説家。『ジャン・クリストフ』（一九〇四―一二）によって世界的な名声を得る。第一次世界大戦の際、仏独両国の偏狭な愛国主義を批判して絶対平和主義を説く『戦いを超えて』（一九一五）を発表。一九一五年ノーベル文学賞受賞。反ファシズム運動を展開し、共産主義に共鳴していた。

79　ポール・ニザン（一九〇五―四〇）。フランスの小説家、哲学者。共産党員で、両大戦間期に指導的役割を果たした代表的知識人の一人。独ソ不可侵条約（一九三九）に反対して共産党を脱党。第二次世界大戦に参加して戦死した。代表作に『アデン、アラビア』『陰謀』など。

私は皆さんのソ連へのたゆまぬ信頼と愛を称賛するに吝《やぶさ》かではない(皮肉ではなく言っている)。けれども、同志たちよ、あなた方も心配し始めているはずだ。違うだろうか。あなた方はだんだんと大きくなる不安を抱えて自問しているはずだ(たとえばモスクワ裁判[80]を目にして)。どこまで私たちは同意し続けることができるのだろうか。遅かれ早かれ、あなた方の目も開かれることだろう。いや、無理矢理にでもこじ開けられることだろう。そのとき、あなたたちも自分に問いかけるはずだ――誠実なあなたたちなら――一体どうしてあんなに長いあいだ目をつぶっていられたのか、と[81]。

＊

実際、誠実で、なおかつ事情に通じている人たちは、私の主張に対してほとんど反論していない。彼らは反論はせず、この嘆かわしい状況を正当化してくれるであろうような説明を試み、ただ釈明しているだけである。というのも、彼らの関心事は、どうしてこんなことになってしまったのかを示し(それは結局のところ、割と簡単に理解できる)、さらに、こうなってしまうのにはちゃんと理由がある、あるいは少なくともとりあえずよりよい状況を目指して今この状況を通過する必要がある、ということを証明することだからだ。そして、社会主義に背を向け、十月革命の理想に背きながら進むこの道が、それでもとにかく共産主義の実現へと続いているのだと証明しなければならないからである。ほかに道はなかった、と彼らは言いたいのだ。そして何もわかっていないのは私の方だ、と。

＊

80　スターリンによる大粛清の一環として一九三六年八月の第一次モスクワ裁判を皮切りに開かれた、旧反対派指導者に対する「見世物裁判」。

81　〔原注〕ああ！　そうした誠実な人たちの中には、もう苦しみ始めている者がいるのだ！　最後に過ちを認めなければならなくなるまで、彼らの苦しみはますます大きくなっていくだろう。

「私はかつて共産主義の闘士であり、ソヴィエトの公務員としてソ連で三年以上、報道やプロパガンダ、企業監査の仕事をしたことがある者ですが、私も苦しい精神的葛藤や苛烈な抗争を経て、あなたと同じ結論に達しました」と『ソヴィエト・ロシアとの訣別』の著者、A・ルドルフは私に書いてきてくれた。

表面的な分析、性急な判断、それが私の本に投げかけられた言葉だった。けれども、むしろソ連の立派な見かけ、その表面こそが、最初は私たちを魅了していたのである。もっと深く踏み込んでいくにつれて、私たちは最悪のものを目にすることになったのだ。

虫は果物の一番奥深くに隠れているものである。ところが、このリンゴは虫が食っている、と私が皆さんに言うと、皆さんは私をこう言って非難したのだ。まったく見る目がない、あるいはリンゴが好きじゃないのだ、と。

もし私がひたすら称賛するだけに甘んじていたら、皆さんは私を（表面的だ、などと）非難しなかっただろう。だが、その場合こそ、私はまさに表面しか見ていないと非難されてしかるべきなのである。

＊

皆さんの批判を、私はしっかりと受け止めている。それらは、ごくわずかないくつかを除いて、『コンゴ紀行』と『チャド湖より帰る』を出版したときに湧き起こったものと同じである。そのとき私はこう反論された。いわく――

一、私が指摘した権力者の横暴は例外的なものであり、大勢《たいせい》に影響を及ぼすものではなかった（つまり私の指摘自体は否定できなかったということだ）。
二、以前の体制、すなわち征服以前の体制（ソ連なら革命以前の、と言い換えればよい）と比べるだけで、現在の体制を称賛する理由として十分である。
三、私が嘆いていることは、ことごとく深い理由があるものばかりであって、その深い理由を私が理解していないのである、より大きな善のための一時的な悪なのである。

このとき、批判や攻撃や侮辱は、すべて右派から飛んできた。そしてあなた方、左派の皆さんは、私の発表したものが自分たちに都合がよく、利用できるものであったがために、勇んでそれに飛びつき、私自身、自分は政治や社会問題には素人《しろうと》であると認めていたにもかかわらず、その「素人ぶり」については、まったく意に介さなかったのである。そして今でも、もし私がただひたすらソ連を褒めたたえ、かの国ではすべてが素晴らしくうまくいっていると宣言していたとしたら、あなた方はやはり私が素人であるということを非難しないのではないだろうか。

ところが（私にとって大事なのはこのことだけなのだが）、コンゴに派遣された調査委員会は、その後、私が指摘したことをことごとく正しいと認めたのである。同様に、ソ連についても、私のところに届いた大量の証言、私が読むことのできた報告書、公平な観察者（彼らがどんなに「ソ連の大親友」であるとしても、あるいは向こうに行く前はそうであったとしても）によるレポートはすべて、この国の現在の状況についての私の主張を裏書きしてくれるものばかりであり、私の心配をますます強めるものだったのである。

＊

『コンゴ紀行』の最大の弱点であり、あの本での私の証言をきわめて脆弱《ぜいじゃく》なものにしていたのは、次のような事実だった。すなわち、自分の情報源を明かすことができなかったということである。私を信頼してこっそり打ち明けてくれたり、あるいは普通なら見せたがらないような文書の存在を教えてくれたりした人たちに処罰の危険が及ばないように、その人たちの名前を私は挙げることができなかった。もちろん、そうした文書を引用することも私には許されていなかった。

II

私はあまりにも狭い土台の上にとてつもなく大きな判断を据えている、と言って非難された。本筋に関わりのないごく些細《ささい》な事象を見て、そこからあまりにも性急に、あまりにも軽率な結論を引き出している、私が観察した出来事、私が挙げた事実は、たぶん正確ではあろうが、例外的なものであり、何も証明していないと、人々はそう言って私を非難したのだ。

しかし実のところ、私は自分が観察したものの中から最も典型的なものしか報告していないのである（後でまたいくつか紹介するつもりだが）。自分の本を数字や統計、各種のレポートなどで埋め尽くしても仕方がないと思っていたからだ。その理由の第一は、自分がこの目で見、この耳で聞いたもの以外は何も使わないという規則を自分に定めていたからでもあるが、もう一つは、公式発表の数字に私があまり信頼を置いていないせいでもある。それに何より、そうした数字、そうした「図表」（私はもちろんそれもよく調べたのだが）は、ほかのところでも見つけることができたからである。

だが、皆さんの望みに従い、私はここにいくつか明確な数字を挙げておくことにしよう。

フェルナン・グルニエ、ジャン・ポンス、そしてアレッサンドリ教授[82]は一緒にソ連を旅行したのだと思う。三人が属する「ソヴィエト連邦友の会」のメンバーである百五十九人の同行者たちと一緒に。だからこの三人の糾弾者（糾弾されているのは私である）の証言がみな似通っていたとしても、驚くには当たらない。彼らが私に過ちを認めさせようと挙げてくる数字は全部同じものなのだから。彼らは当局から提示された数字をただそのまま吟味もせず鵜《う》呑《の》みにしているということである。

それらの数字が、ほかの証言者たちの提示する数字とどれほど食い違っているか、その説明を試みたいと思う。ほかの証言者たちというのはもちろんソ連で長く働き、その深部にまで入り込む時間があったために、はるかによく情報に通じている証言者たちのことである。それに対して百六十二人の旅行者たちは、ただかの地を通り過ぎたに過ぎない。彼らの旅行は二十日間にわたった。ロシアにいたのは八月十四日から二十八日までの二週間である。この短い期間に、彼らはたくさんのものを見ることができた。しかし、ただ見せられたものだけを見たに過ぎない。彼ら（というのは私を糾弾している三人のことだが）のうち誰一人としてロシア語を話せる者はいない。彼らこそ、むしろ彼らの主張はやや表面的である、とみなすことも許されるのではないかと思う。

私はすでにコンゴのときにも同じことを言っている。AEF（フランス領赤道アフリカ）[83]を旅行したとき、「随行者つき」で回っている間は、何もかもがほとんど申し分なく素晴らしく見えた。私に物事がはっきり見え始めたのは、総督たちの車を離れ、

82　フェルナン・グルニエ（一九〇一―一九九二）はフランス共産党の指導者の一人で国会議員。また、プレイヤード版の注によれば、ジャン・ポンスは教員で、ソヴィエト連邦友の会の事務局長を務めていた。ピエール・アレッサンドリはニースの高校の教員で共産党員だったが、『ソヴィエト旅行記修正』が出た後、ジッドが正しかったと認め、共産党からもソ連友の会からも離れた。

自分一人で歩いて国を回ってみようと決意してからのことに過ぎなかった。そうして私は六カ月にわたって土地の人たちと直接触れ合うことができたのである。
　もちろんこの私だって、ソ連で模範的な工場のいくつかを見たし、クラブや学校や文化公園や児童公園も見た。そしてそれに魅了されたのだ！　グルニエやポンスやアレッサンドリと同様、私もまた喜んで魅惑されたいと願っていた。そうやって、今度は私の方が魅惑する側になりたいと願っていた。魅惑することも魅惑されることも、どちらもひどく心地よいのだ。だからこそ、私が名指しした三人の方々にはぜひとも理解してもらいたい。この誘惑に抵抗する以上、私にはよほどの強い理由があるのだということを。そして、人が言うように、私が決して「軽々しく」そうしているのではないということを。

*

　ジャン・ポンスの善意は尊敬に値する。彼が寄せるソ連への全幅の信頼は、子どもっぽいものがすべてそうであるように、感動的である。[84]彼は、言われたことをそのまま——私自身も最初そうであったように——検証もせず、疑いもせず、批判もせずに受け入れている。

たとえば、ある工場の生産効率に関して彼が挙げる（あるいはアレッサンドリとグルニエが挙げる）いくつかの数字は、人を唖然《あぜん》とさせるものだと私は思うが、そうした数字に対して、一九三六年十一月十二日付の『プラウダ』から私が拾ったいくつかの証言を突き合わせ、よく考えてみるようこの同志たちにお勧めしたい。

83　チャド、ウバンギ・シャリ、中央コンゴ、ガボンの四カ国を統合した連邦政府（一九一〇―五八）。

84　〔原注〕少なくとも、たとえば次の場合のように、信頼がいきすぎて笑い話のようになっている場合を除いてであるが。彼はこんなふうに書いている。「歓迎の広間で……、私はミネルヴァ［アテナ］とユピテル［ゼウス］とディアナ［アルテミス］の像を見た。労働者たちは、たった一つだけ修正を加えていた。ブロンズでできたレーニンの胸像を付け足していたのである。

ミネルヴァとレーニンを結びつけることは理解しがたいように見える。それでも我々の目の前に、それは存在している。このことが証明しているのは、共産主義が数世紀にわたる人間の歴史の自然な帰結、理に適《かな》った不可避的な到達であるということである。最も高度で最も友愛に満ちた文化の継承者であるということである」（『ソヴィエトの日々』66ページ）

「第2四半期の間にヤロスラヴリ工場から供給された自動車部品の総数（公式の統計ではこの数字だけが誇らしげに振りかざされているのだが）に対して、四千個の不良品が記録されており、第3四半期にはこの数は二万七千二百七十二個となった」

十二月十四日付の紙面では、いくつかの工場が供給する鋼鉄に関して『プラウダ』は、こう書いている。

「二─三月の二カ月間には四・六％が品質不良ではねられていたが、九─十月には一六・二〇％がはねられた」

「サボタージュのせいだ」と人は言うかもしれない。最近行われているいくつかの大きな裁判がまるでその証拠のように引き合いに出される（そしてまた逆に、サボタージュは裁判のせいだとされる）。しかしながら、こうした不良品の多さは、あまりにも過剰で人為的な生産強化の代償だと見て差し支えないだろう。

立派な計画を立てるのはよいが、現在の「文化」レベルでは、ある一定の生産効率を超えるには、莫大な犠牲を払わねばならないのである。

イジェフスク工場の生産品のうち、廃棄品は金額にして、四月から八月の五カ月間で四十一万六千ルーブルに上る。ところが、十一月にはたった一月《ひとつき》だけで、すでに十七万六千ルーブルにまではね上がっているのである。

輸送車両の事故の多さは、運転手の過労によるものだが、自動車の質の悪さにも起因している。一九三六年に検査された車両では、九千九百九十二台のうち、千九百五十八台に欠陥があると認められた。ある運輸支部では、二十四台中二十三台が走行不能だった。また別のある支部では五十二台中四十四台が走行不能だった（『プラウダ』一九三六年八月八日付）。

ノギンスク工場は、一九三五年の計画で五千万枚［五百万枚の誤りか］生産すると発表された蓄音機のレコードのうち、その大部分、すなわち四百万枚を供給する予定だったが、百九十九万二千枚しか供給できなかった。対して「屑《くず》」となったレコードは三十万九千八百枚に上る（これらの情報は一九三六年十一月十八日付の『プラウダ』による）。一九三六年第1四半期の生産量は、計画されていた数字の四九・八%でしかなかった。第2四半期には三一・八%、第3四半期にいたってはわずかに二六%に過ぎない。

生産量が徐々に下降していく一方で、欠陥品は増えている。

第1四半期　　　　　十五万六千二百枚の不良品
第2四半期　　　　　二十五万九千四百枚の不良品
第3四半期　　　　　六十一万四千枚の不良品

第4四半期については、まだ完全な集計結果は出ていない。しかし、もっと悪くなっていることが十分予想される。なぜなら十月の一カ月だけで、すでに六十万七千六百枚が記録されているからだ。そういうわけだから、まともに使える製品一枚当たりの〈原価〉がどういうことになるか、想像がつこうというものだ。

〈労働の英雄〉なる製造会社からモスクワの小学生に支給された二百万冊のノートはその九九％が使用不可能だった（『イズヴェスチヤ』一九三六年十一月四日付）。ロストフでは八百万冊のノートを捨てなければならなかった（『プラウダ』一九三六年十二月十二日付）。

家具類を供給するある生産協同組合《アルテリ》が売った百五十脚の椅子のうち、四十六脚は座ろうとするとすぐに壊れた。納品された二千三百四十五脚の椅子のうち、千三百脚は使用不可能だった（『プラウダ』一九三六年九月二十三日付）。外科用の道具についても同様の欠陥があった。ソ連の有名な外科医であるブルデンカ教授は繊細さを要求される手術道具の質の悪さを特に嘆いている。縫合用の針は手術中に曲がったり折れたりするという（『プラウダ』一九三六年十一月十五日付）等々。

こうした報告はほかにもまだたくさんある。ソ連を称賛する人たちは、もう少し慎重になるべきだろう。だが宣伝当局《プロパガンダ》はこうした情報を無視し続けている。それでも、遅延や欠陥に対して苦情や抗議の声が起こったり、時には裁判にもなり厳しい罰が下されたりしていることも指摘しておこう。新聞がこれらのことを告発するのは、改善を促す目的なのである。

ソ連でもてはやされる〈自己批判[85]〉は、理論や原則の問題に関してはとても容認できないものであるが、採択された計画を実行に移すということに関しては十分にその機能を果たしている。『イズヴェスチヤ』（一九三六年六月三日付）によれば、モスクワのいくつかの界隈《かいわい》では、この記事の時点で、まだ住民六万五千人につき一軒の薬局しかなく、ほかの界隈では七万九千人につき一軒しかないという。また、モスクワ市全体で百二軒の薬局しかないとのことである。

一九三七年一月十五日付の『イズヴェスチヤ』にはこんな記事が載っている。

「中絶を禁止する政令の発布以降、モスクワの出生数は月に一万に達している。これは政令以前の時期と比べて六五%の増加にあたる。この増加に対して、産院のベッド数は一三%しか上昇していない」

託児所や保育所はたいてい目を見張るほど素晴らしい。しかし、サー・ウォルター・シトリンが調査したところによると、[86]一九三三年にそこに入所できた子どもの割合は八人に一人だったという。新しいプランによれば――もしそれが完璧に実現されればだが――この割合は二倍になるという。つまり八人のうち二人が入所を認められるわけである。それでもまだ不十分だが、進歩はしている。それとは逆に私が心配しているのは、労働者たちの住宅事情が悪化していくのではないかということである。人口の増加を勘案すると、新しい建設計画は需要を大きく下回っている。現在でも一部屋に三人が暮らしているのに、やがてこれが四人にも五人にもなりかねない。かてて加えて、労働者用の住居として近年作られた建物の多くはあまりにも急いで――あるいはむしろあまりにもいい加減に、質の悪い材料を使って――建てられたために、もう間もなく居住不能になるのではないかと言われているのである。

この悲惨な住居問題は、ウォルター・シトリンが最も心を痛めることの一つである。

85　個人や政党が自己の行為や方針などを自ら誤りと認め反省すること。マルクス＝レーニン主義に基づく共産主義体制においては、権力の頂点にいる人々に、下からの批判が届きにくいため、自ら批判を行うことが重要とされた。しかし実際には、スターリン体制下のような社会では、党内主流派の支配的な活動方針が正統とされ、それに従わない人々に〈自己批判〉が強要されるという事態が生じた。ジッドはここでそのようなことを念頭に置いていると思われる。

86　〔原注〕「すべての子どもが入所するとなると、二百万人の収容能力がなければならない。ところが実際には子ども八人につきたった一人しか受け入れられていない。労働人口が二千八百万人になると予想されている一九三七年には、一体この状況はどうなっているだろうか。もう一度言うが、都会の保育所に限っても、もし全員を受け入れようと思ったら二百八十万人の子どもの入所が見込まれるのに対して、七十万人分の席しかないのである。したがって、子ども四人につき一人しか入れないことになるだろう。プランが完全に実現されたと仮定して、である」（サー・ウォルター・シトリン『ロシアの真実を求めて』Sir Walter Citrine, *I Search for Truth in U.R.S.S.,* p.296.）［ジッドは“in U.R.S.S.”と書いているが、正しくは“in Russia”。一九三六年に出版されたこの本は翌三七年にフランス語訳も刊行されている。ウォルター・シトリンは英国労働組合の書記長で、一九三五年九月から十月にかけて、ソ連で調査旅行を行った］

バクー周辺で、彼は、政府の案内人が見せまいとするのを押し切って、石油採掘に従事する労働者たちの住まいを訪れた。彼は書いている。「私がこの国で見ることのできたみすぼらしい家の中でも、最も悲惨な見本を、私はここで見ることができた。そもそもこの国はみすぼらしい家には事欠かないというのに、である」。さらに「何もかもがおぞましい様相を呈していた」とまで言う。案内人は、これは「帝政時代《ツァーリ》の残滓《ざんし》」と見るべきものだと彼に信じ込ませようとするが、シトリンはこう反論している。「今日《こんにち》、石油を掘っているのはもう百万長者ではない……。革命から十八年も経《た》っているのに、諸君らはまだ労働者がこのような陋屋《ろうおく》に暮らすことを許容しているのか！何十万人もの労働者が十八年間もこの〈スラム〉に打ち捨てられたままになっているかと思うとぞっとするではないか」

M・イヴォンは『ロシア革命はどうなったか』という冊子の中で、この嘆かわしい住宅不足についてほかの事例をいくつか紹介し、こう書き添えている。「このような住宅難の原因は、革命が巨大工場を建設して『資本主義を乗り越える』ことにばかり目を向け、人間を生産へと追い立てることに執着して、その安らぎやゆとりをおろそかにしたことにある。遠目には壮大で立派に見えるかもしれない……だが近くに寄ってみると、ひどく痛ましいのである[87]」

87　M・イヴォンの著『ロシア革命はどうなったか』は一九三六年にフランスで出版された八十七ページの冊子（M. Yvon, *Ce qu'est devenue la Révolution Russe*, 1936）。M・イヴォンは筆名で、本名はロベール・ギエヌフ。フランスの労働者、共産党員。一九二三年から三三年まで足かけ十一年にわたってソ連で一労働者として働いた。

Ⅲ

私の『ソヴィエト旅行記』に対してなされた非難のうち、最もうなずけるものの一つは、私が知的な問題に重要性を置きすぎているように見える、というものである。そうした問題は、ほかのもっと切実な問題が解決されないうちは後回しにされても仕方がない、というのだ。私は、向こうで行ったいくつかの演説——それらについては向こうでも異論が湧き上がったのだった——をあの本の中に再録する必要があると思い、そうしたのだったが[88]、そのこともまたそういう印象を生んだようである。ああした小さな本の中では、あの演説は場所を取りすぎており、目立ってしまっていた。おまけに、あの一連の演説は、旅の初めに行ったものであって、あのとき、私はまだ信じていた（そう、私は素朴だったのだ）。ソ連で真面目に文化について語り、誠実に議論ができると。あのとき、私はまだ知らなかった。社会問題の解決がどれほど遅れているか、人々がどれほど苦しんでいるかを。

だがそれでも、私が語ったことを単なる一文学者の浮世離れした主張としか見ない人たちに対しては断固として抗議する。私が精神の自由を口にしたとき、それはまったく別のことを意味していたのだ。科学や学問もまた迎合主義の危険にさらされているのである。

たとえば、ある高名な学者は自分の提唱していた、正統からは外れるような理論を取り下げることを余儀なくされている。科学アカデミーのあるメンバーは「ファシズムに利用されかねない」「自分のかつての誤り」を懺悔《ざんげ》すると公の場で自ら表明している（『イズヴェスチヤ』一九三六年十二月二十八日付）。『イズヴェスチヤ』は彼の研究の中に「反革命的な錯乱」の卑しむべき兆候を嗅ぎ取ったというのだが、当局の命令によるその糾弾は正しいものだと、彼は認めることを強制されているのである［補遺「手紙と証言」、289ページ参照］。

映画監督のエイゼンシュテインは仕事を中止させられ、自分の「誤り」を認め、間

88　『ソヴィエト旅行記』の補遺に収められた三本の演説のこと（117―133ページ）。

違っていたと告白するよう迫られている。そして、二年前から取りかかっている、そのためにすでに二百万ルーブルを投じた新しい映画が、教義《ドクトリン》の要求に応えるものではなく、したがってその製作を禁じられたのは正しいことだったと表明するよう強要されているのである。

そして司法でさえも！　あなた方は私が書いた次の一節に憤慨しているが、ここ最近のモスクワ裁判やノボシビルスク裁判を見ても、私はこう書いたことを一向に後悔する気にはならない。「今日、ほかのどんな国でも――ヒトラーのドイツでさえ――このソ連以上に精神が自由でなく、ねじ曲げられ、恐怖に怯《おび》え、隷属させられている国はないのではないかと私は思う」

*

そこで――そう簡単には引き下がれないものだから――人は「達成された結果」にしがみつこうとする。曰《いわ》く、失業がなくなった、売春がなくなった、女が男と同等になった、人間の尊厳が回復された、いたるところに教育が普及した……と。だがよく調べてみると、これらの美しい成果はどれもボロボロと崩れ落ちていくのである。

ここでは教育の問題だけをある程度詳しく見てみることにしよう。そうする過程で、ほかの問題にも必ず直面するだろうからである。

確かに、ソ連を旅する旅行者は、知識や文化に貪欲な大勢の若者たちに出会う。彼らの熱意ほど感動的なものはない。そして、彼らが学ぶために用意された施設を、みんな口々に、どうです、素晴らしいでしょう、と紹介し、私たちにも称賛させようとする。一九三六年二月の政令には、確かに私たちも心からの拍手喝采を送りたい。「まったく読み書きのできない四百万人の労働者ならびに十分な読み書き能力を持たない二百万人の労働者を対象に、三六―三七年中に非識字者の根絶」を目指す、というその目標は素晴らしいものだ。だが……。「非識字者の根絶」は、すでに一九二三年にも掲げられていた。この目標は十月革命の十周年記念（一九二七年）に合わせて、「歴史的な」（と言われていた）達成を見るはずだった。ところが、一九二四年には早くもルナチャルスキー[89]が「惨状」を嘆いて

89　アナトリー・ヴァシリエヴィチ・ルナチャルスキー（一八七五―一九三三）。ソ連の政治家。一九一七年から二九年まで教育人民委員（教育大臣）を務めた。

いる。革命前には、人口ははるかに少なかったのに、六万二千の小学校があったが、新しい体制になってから、まだ小学校の数が五万にも届かないというのである。

現在のソ連の状態と革命前のそれとを比べてみろと私たちは盛んに言われるが、結局のところ、苦しんでいる階級の人々の状態は、多くの分野において改善とは程遠いと言わざるをえないのである。だが、学校の問題に話を戻そう。

ルナチャルスキーは（やはり一九二四年に）次のような事実を認めている。田舎の教員の給料はほとんどの場合、半年遅れで支給されており、時にはまったく支払われていない場合もある。その給料は月に十ルーブルにも満たない（！）例さえある、というのである。確かに当時はルーブルの価値は今よりも高かった。「しかし」とレーニンの未亡人クルプスカヤは私たちに語ってくれた。「パンの値段が上がってしまったので、十から十二ルーブルの月給では、教師は、以前は四ルーブル（一九二三年十一月までの給与額）で買えていたのより少ない量のパンしか買えないのです」

一九二七年、非識字者をなくすという目標が達成されるはずだったこの年、文字が読めない人は依然として残っていた。そして一九二八年九月二日、『プラウダ』は「膠着《こうちゃく》状態」に陥っていることを認めたのである。

とは言え、少なくともその後、多少の進歩はあったのだろうか。

一九三六年十一月十六日付の『イズヴェスチヤ』にはこんな記事が載っている。

「新しい学年が始まってすぐ、読み書きのできない生徒の数が驚くべき割合に上るという報告が、多くの学校から寄せられている」

勉強についていけない生徒の割合は、いわゆる新設校で顕著であり、七五％に達するという（同じく『イズヴェスチヤ』による）。モスクワ市だけで六万四千人の生徒が落第して、もう一度同じ学年をやり直すことを余儀なくされている。レニングラードでは五万二千人、そのうち千五百人はこれで三回も同じ学年をやり直すことになるという。バクーでは、進級できないロシア人生徒の数が四万五千人中二万人に上っている。トルコ人生徒では二万一千人中七千人である（『バクー労働者』紙、一九三七年一月十五日付）。加えて、学校に行かなくなってしまう生徒も多い。「RSFSR（ロシア・ソヴィエト連邦社会主義共和国[90]）のある技術学校では、過去三年間で〈逃亡した〉生徒の数は八万人にも上っていた。カバルダ・バルカル［自治州］の教員養成校では〈逃亡率〉は二四％であり、チュヴァシ［自治ソヴィエト社会主義共和国］の同種の学校では三〇%である」。記事はさらにこう付け加えている。「教員養成校の学生たちでさえなんとも驚くべき非識字率を示している」

しかも、これらの学校は定員を満たすことができていない。RSFSRでは定員の五四%しか集まっておらず、白《はく》ロシア［現ベラルーシ共和国］では四二%、タジキスタンでは四八%、アゼルバイジャンでは四〇から六四%……といった具合である。

一九三六年十二月二十六日付の『プラウダ』は、ゴーリキー地方の五千人の子どもたちが学校にまったく行っていないと伝えている。さらに、第一学年が終わったところで学校に行かなくなってしまった生徒の数は五千九百八十四人に上るという。第二学年終了時には二千三百六十二人が、第三学年終了時には三千十二人が学校に行かなくなったという。もちろん、やめずに続いているのは、優等生たちである。

学業放棄への対策として、職業訓練校のある校長は、逃亡者に四百ルーブルの罰金を科すことを構想しているという！（『東方プラウダ』十二月二十三日付）この罰金が一括払いなのかどうか、記事は明らかにしていない。もしそうだとしたら、それは難しいだろう。その罰金を払わされる親の月給が百から百五十ルーブルしかないからである。

教科書の不足も深刻だ。どうにか与えられた教科書にしても、間違いだらけである。一九三七年一月十一日付の『プラウダ』は、モスクワとレニングラードの政府系出版社が、とうてい使用に堪えない教科書を刊行したことに憤慨する記事を載せている。教育出版社の本には、アイルランドがアラル海に浮かび、スコットランド諸島がカスピ海に浮かんでいるヨーロッパの地図が印刷されていた。さらに、サラトフ［モスクワの南東約八百キロ、ヴォルガ川流域の都市］がヴォルガ川ではなく北海の近くに位置している、といった有様である。

学童ノートの表紙に書かれたかけ算の表では、次のような計算を学ぶことができる。

8×3＝18　7×6＝72　8×6＝78　5×9＝43等々（『プラウダ』一九三六年九月十七日付）

ソ連では会計士がずいぶんと頻繁にソロバンを使う理由がよくわかるというものだ。

さて、例の「非識字者の根絶」であるが、あれほど称賛されているにもかかわらず、

90　ソヴィエト連邦を構成していた共和国の一つ。首都はモスクワで、ソ連邦構成国の中で、面積、人口とも最大だった。

達成はひどく遅れている。その理由はやはり孤軍奮闘する哀れな教師たちが、そのわずかな俸給さえももらえないということがしばしば起こり、生活のために学校以外のあらゆる仕事に手を染めなければならないということに求められる。三月一日付の『イズヴェスチヤ』は、教員に対する国家の負債を五十万ルーブル以上――クイビシェフ地方だけで――に押し上げているこの給料未払いの原因を、官僚の怠慢（あるいは資金の別用途への流用）に帰している。ハリコフ地方では、この未払額、すなわち負債額は七十二万四千ルーブルに上る、と報じている。一体、教師たちはどうやって生活しているのだろう、と不思議になるくらいである。これでは非識字者を根絶する前に、教師たちが根絶させられるのではあるまいか。[91]

*

誤解してほしくないのだが、私はこうした数字をしぶしぶ書き写したのだ。これほど酷《ひど》い状況には嘆くほかない。だが私は、あなた方が手放しに、あるいは不誠実に、かくも明白な情けない結果を素晴らしいものだと私たちに提示しようとするので反論しただけなのである。

91　〔原注〕『東方プラウダ』（一九三六年十二月二十日付）のある記事は、非識字者の根絶計画が期待していたほどの結果を出していないことを認めて遺憾《いかん》の意を表明している。完全に、あるいは不完全にしか文字が読めない七十万人のうち、講習を受けることに同意したのは、わずかに三〇ないし四〇％である。「このために、非識字者根絶にかかる費用は、当初見込まれていた一人当たり二十五ルーブルから、八百ルーブルに跳ね上がった」。ある都市（コカンド）では、一九三六年の終わりまでに完全に非識字者を根絶したと誇っていたが、非識字者の数は五月時点で八千二十三人であった。八月には九千五百六十七人となり、九月十五日には一万一千十四人、十月一日には一万一千六百四十五人となった（地方から移り住んできた人たちのために人口がこの割合で増加したのだと信じたい。そうでなければ、もともと字が読めていた人たちが読めなくなったと結論しなければならなくなるからである）。大都市のタシケントでは六万人の非識字者を数えるという。だが講習に登録した七百五十七人中、実際に授業に通っているのは六十人だけである。こういう人たちを旅行者は称賛するわけである。

あなた方の空威張り《からいば》が大きかったからこそ、私の信頼と称賛、喜びが墜落したときの痛みはかくも深く、かくも大きかったのだ。私はソ連を、もっとよい結果を生み出していないからと言って非難しているのではない（ソ連がもっと早くもっとよい結果を生み出すことなど不可能だったのだ、それを理解すべきだ、と今私に説明してくれる人たちがいる。私が想像もできないようなとても低いところからソ連は出発したのであり、現在、何千もの労働者が細々《ほそぼそ》と暮らしているこの惨めな状態は、革命前の旧体制下で虐げられていた大量の人々が望んでも得られなかったような状態なのだ、と彼らは強調する。そうだろうか、今こう書きながら、私自身は、それはいささか誇張しすぎではないかと思う）。そうではない。私がソ連を非難する第一の理由は、かの国の労働者たちの状況を、人も羨《うらや》むようなものであるかに見せかけ、私たちを欺いたからなのだ。そして私はフランスの共産党員たちも非難する（いや、まんまと騙《だま》された同志たちのことではない。知っていた人々、あるいは少なくとも知り得る立場にあった人々のことを言っているのだ）。彼らは知らずにか、あるいは意図的に――その場合はつまり政治的に――労働者たちに嘘をついたのである。

ソヴィエトの労働者は、その勤める工場に縛りつけられている。田舎の農民は、そのコルホーズあるいはソフホーズに縛りつけられている。さながらイクシオンが車輪に縛りつけられているかのごとくである[92]。もし、どんな理由にせよ何らかの理由で、その労働者がほかのところへ行ってもう少しましな（今ほどは悪くない）暮らしをしたいと思い、仕事を変えようとするなら、注意しなければならない。彼は今いる場所に登録され、組み入れられ、囲い込まれているので、どこに行っても受け入れてもらえない可能性があるのだ。たとえ住む町は変えずに工場を離れるだけだとしても、そ

92　イクシオンはギリシア神話に出てくるラピテス族の王で、ケンタウロスの父。ゼウスの怒りを買い、永遠に回転している地獄の火炎車に縛りつけられた。

れだけでもう住むところをなくしてしまう。工場で働いているおかげで、散々苦労の末（しかも、タダなわけではない）、住居を手に入れることができたのだから。職場を変わろうとする工場労働者は、以後、給料のかなりの部分を差っ引かれることになる。コルホーズ農民は、共同作業で得るはずの利益を全部失ってしまう。逆に、移動の命令が出たら断ることはできない。自分の好きな場所に行く自由もとどまる自由もない。愛する人や友人に呼び寄せられたり、引き留められたりしても、その自由はない。[93]

もし党に属していなければ、党に所属する同志たちはみなその者から離れていくだろう。党に加盟すること、その一員と認められること（それ自体簡単ではなく、個人的な知遇に加えて、完璧な正統性と、相手の機嫌をとるための柔軟な能力が必要である）は、〈成功する〉ために不可欠な、一等最初の条件なのである。

一度党に入れば、もう抜け出すことはとても難しくなる。[94] 抜ければたちまち地位も環境も、それまでの仕事によって得た特典も、ことごとく失ってしまうからだ。それだけでなく、報復とみんなからの嫌疑の目にさらされる。こんなに恵まれているのにどうして党を抜けるのか、というわけだ。これほどの特典を誰が与えてやっていたと思っているのだ、しかもその見返りに、ただすべてを承諾し、自分の頭で考えるのをやめろと要求しただけではないか！　万事が順調だとみんな認めているのに、これ以上何を考える必要があるというのか（ましてや自分の頭でなど！）。自分の頭で考えると、たちまち「反革命的」とされてしまう。そうなればシベリアまでもうあと一歩である。[95]

93　〔原注〕「経済プロセスの全物質的要素を国家が専権的に所有しているのと同様に、人的要素もまた国家が強権的に支配している。働く者たちは、もはや自分たちの労働力を自分の望むところで自分の好きなように売ることができない。彼らにはソ連国内を自由に移動する権利はない（国内パスポート！）。スト権も廃止されており、スタハーノフ運動［57ページ注20参照］にほんの少しでも逆らう意向を示すと恐ろしく厳しい罰を食らうことになる」（リュシアン・ローラ「ロシア経済瞥見」、『真の人間』一九三七年二月、第三八号所収）

94　〔原注〕その逆に、党から除名されることはひどく頻繁に行われている。〈粛清〉という名目である。そうなるとたちまちシベリア送りである。

95　〔原注〕イヴォンは実にうまいことを言っている。「党に入ることは、権力と祖国と、そして自分自身の利益とに同時に奉仕することである」。なるほど完璧なハーモニーである。幸福はひとえにこのハーモニー次第ということになるのだろう。

出世する最高の手段は、密告である。そうすれば警察の覚えもよくなり、すぐに守ってくれるようになる。ただし、利用され続ける。いちど密告に手を染めてしまえば、もう名誉も友情も失う。ただ突き進むしかない。それでも、人はその誘惑にやすやすと屈する。そして密告した者は安全な場所で庇護《ひご》されるのである。

＊

フランスで、ある党派的な新聞が、何らかの政治的な理由で誰かを失脚させたいと思ったとしよう。その場合、新聞はその誰かの敵に対して呼びかけることで、その卑しい所業をなそうとするだろう。ソ連の場合は、敵ではなく、むしろ一番近い友人に働きかけるのである。それも、頼むのではない。強制するのだ。最も厳しい批判とは、近しいものが手のひらを返して行う批判である。そのことで批判の効果は高まる。また、この友人が失脚させたいと思っている人間から離れ、絆を断つことも重要である。そして、なぜ離れたか、その証拠を示させなければならない（ジノヴィエフ、カーメネフ、スミルノフに対して、批判者として立てられたのは彼らのかつての同志、ピヤタコフとラデックだった。この二人もまた銃殺されることになるが、そのときにもやはり、まず彼らに不名誉な汚名を着せるということが繰り返された）。友を見捨てることを潔しとせず、そのような卑劣な行為を拒否すれば、救いたいと思っている友人もろとも自分自身も破滅することになる。

こうなると何一つ信用できなくなるし、誰に対しても警戒するようになる。子どもらの無邪気な一言が自分を破滅させるかもしれないので、子どもの前ですらおちおち話もできなくなる。誰もが監視している。お互いを監視し、監視されている。一時《いっとき》も気が抜けない。気がねのない話はできない。できるとしたら、妻とベッドに入っているときぐらいだろう。妻を十分に信用できる場合に限ってだが。Xが冗談めかしてこう言ったことがある。最近結婚する人がこんなに増えたのは、そういう理由じゃないかと。同棲ではそれと同じ安心は得られない。驚くべきことに、十年以上前に発した言葉のせいで罰せられることになった人たちもいるのだ！　このような耐え難い拘束状態に、来る日も来る日も朝から晩まで置かれていたとしたら、せめて枕を共にして自然な心情を打ち明けたいという欲求が高まっていったとしても、不思議ではなかろう。

密告から身を守るための最も手っ取り早い方法は、先手を打つことである。第一、怪しい言葉を聞いて、それをすぐに報告しなかったら、それだけで監獄に入れられたり、収容所に送られたりすることもありうるのだ。密告は市民の美徳とさえなっているのである。みんなごく幼い頃からそれに励み、「報告」した子どもは褒められる。模範的な都市であるあのボルシェヴォの小さな楽園に受け入れてもらうには、改心した前科者であるだけでは十分ではない。共犯者たちの名を明かさなければならないのである。それがGPU《ゲーペーウー》［政治警察］の捜査のやり方なのだ。密告に褒美を与えるということが。

キーロフ[96]の暗殺以来、警察はさらにその網の目をきつくしている。若者たちがエミール・ヴェルハーレン[97]に（戦争の直前に彼がロシアを旅行した際）嘆願書を手渡したようなことは――ヴェルハーレンを敬愛するヴィルドラック[98]がとても魅力的にそのことを語っている――今日《こんにち》ではもう不可能だろう。ゴーリキーの名作『母』に出てくるあの母と息子の革命的な活動（いや反革命的な、と言おうか、もしそのほうがお気に召すなら）もまた不可能だろう。かつては周りを見渡せば、助けや支え、保護や黙認があった。今は監視と密告しか見当たらない。

新たに作り直されたこの社会階層の上から下まで例外なく、最も高く評価されるのは、最も卑屈な者たち、最も卑怯《ひきょう》な者たち、最も迎合的な者たち、そして最も下劣

96　セルゲイ・キーロフ（一八八六―一九三四）。スターリン派の有力政治家だったが、一九三四年十二月一日、暗殺された。スターリンの指図によるものとの見方もあるが、真相は不明。キーロフの暗殺は大粛清が始まるきっかけとなった。

97　エミール・ヴェルハーレン（一八五五―一九一六）。ベルギーのフランス語詩人。高踏派の影響を受け素朴な田園を謳《うた》う詩を書くが、象徴主義的な作風に移行し、さらに後には社会主義に接近するようになる。代表作に『黒い炬火』（一八九〇）、『騒がしい力』（一九〇二）など。なお、ここで「戦争」と言っているのは第一次世界大戦のこと。

98　シャルル・ヴィルドラック（一八八二―一九七一）。フランスの詩人、劇作家、童話作家。戯曲『商船テナシチー』（一九二〇）は後にジュリアン・デュヴィヴィエ監督によって映画化された。自身もソ連を旅した旅行記『新しいロシア』（一九三八）を著している。

な者たちである。顔を高く上げる者たちは、みなことごとく抹殺されるか、収容所に送られてしまった。もしかしたら赤軍[99]はまだ少しは守られているだろうか。そうであることを願いたい。なぜなら、もう間もなくすれば、私たちの愛に相応《ふさわ》しい偉業を成し遂げた、勇猛果敢で称賛すべきロシアの人民の中には、死刑執行人か、利益の分け前をあさる人間か、もしくは犠牲者しか残らなくなるだろうから。

ソヴィエトの労働者は、恵まれた者たちの仲間から外れてしまうと、とたんに追いつめられ不幸になる。飢えに苦しみ、押しつぶされ、ボロボロになる。抗議する気力も、大声で不満を訴える気力もなくなる。そうなると、労働者が何か神を作り出し、祈りの中に出口を見いだそうとしても、驚くには当たらないだろう。人間に助けを求めても仕方がないのだから。

ここ数年、クリスマス・ミサのときには、教会が人で溢《あふ》れているらしいが、そうしたことが起きても、まったく驚くには当たらない。収奪されている者たちには、〈阿《あ》片《へん》〉が必要なのである。[100]

＊

巣から落ちたコキジバトを、三カ月前から私はここ（キュヴェルヴィル）[101]で育てているのだが、最近その鳥かごの隅に、二粒の麦——餌として与えている麦のうちの二粒——が、小さな水飲み桶のすぐ近く、時々水がこぼれている場所で、芽を出しているのを発見した。こぼれた水が、かごと底板のあいだの狭い割れ目に迷い込んだこの

99　（原注）私はセバストポリで大勢の海軍の人たち、士官や水兵たちに会ったことがある。士官と水兵との関係、また水兵たち同士の関係はすこぶる友好的で素朴な友情に満ちたものに見えた。その素朴さ、その友情に私は感動を禁じ得なかった。とは言うものの、新聞に載った次の話はデマである。モスクワのさる大きなレストランで、何人かの士官たちが到着したとき、その場にいた客たちが全員立ち上がって恭しく捧《ささ》げ銃《つつ》の姿勢をとったのを私が見たというのである。作り話にしても、あまりにも馬鹿らしくて、否定する必要もないと思ってうち捨てておいた次第である。

100　「宗教［…］それは民衆の阿片である」というマルクスの言葉（『ヘーゲル法哲学批判序説』）を思わせる。

101　フランスのノルマンディー地方にある村。ジッドの別荘があった。

種子に、必要な湿り気を与えたのである。それらの種子は急に（というのは単に私がそのときまで気がつかなかっただけだが）、それぞれ、もう四、五センチにはなろうかという生白く細い緑の銃剣をにょっきりと突き出していた。そんなことはごく当たり前のことだというのに、それを見た私は深い感動にとらえられ、長い間ほかのことは考えられなくなってしまった。なるほど、人は穀物の種子を数えたり、重さを量ったりする。それらは丸くて硬い、いくらでも放って転がすことができるおとなしい小さな物体に過ぎない。ところが、そのとき突然、その種子の一つが、自分も生きた存在なのだぞ、と精いっぱい証明しようとしていたのである！　鳥かごの格子越しにのぞき込んでいた管理者はそんなことは思ってもみなかったので、ひどく驚かされたというわけだ。

しかし、マルクス主義の理論家[102]たちのある者らは、奇妙なことに、種子を柔らかくさせて発芽にまで至らせるような、この種の気質を欠いているように私には見受けられる。もちろん、ここに感情の出る幕はない。正義によって公正に解決されるべき問題に、慈愛の精神を持ち込むのは望ましいことではない。貧困に同情し、涙を流したところで、悲惨な状況は続くだけだ。本当にすべきことは悲惨を止めることだろう

（と同時に、革命が必要とするはずの火薬を湿らせないようにすることも大事だが）。

しかしながら、世の人々が〈心〉と呼ぶものは、使われなければ「衰弱」[103]していく運命にある。そのために、ある種の渇きがあまりにもたやすく広がってしまうのだ。全体の改善に伴って（あるいはそのために）個々人に何らかの貧困が生じてしまうのは避けられないことなのだろうか……。こうしたことを考え始めると、きりがないから、今はここまでにしておく。

102　〔原注〕マルクスとエンゲルスの全作品は、途方もない寛容さに貫かれている。だがそれ以上に、正義への止《や》むに止《や》まれぬ欲求によって生み出されているのだ。

103　〔原注〕この言葉はマルクス主義の語彙から借りている。レーニンがこう書いているのだ。「『国家が衰弱する』とは実にうまい表現だ。なぜなら、この言い方は、そのプロセスがゆっくりと、そして自発的に、進むことを同時に表しているからだ」（『国家と革命』）

V

フェルナン・グルニエ氏は私の『ソヴィエト旅行記』のある一節を引用し、賛意を表している。「というのも、これは確実なことだが、ソヴィエト連邦内では、少数の何人かの利益のために大多数を搾取するということは、もはや起こらなくなっているからだ。これは途方もないことである」。そして、聴衆の拍手喝采に応えるために、「確かに、同志たちよ、これは途方もないことなのだ！」と言葉を重ねている。

確かに、それは途方もないことだ。いや、途方もないことだったのである。それはもはや正確ではなくなった。この点に私はこだわる。なぜならそれこそが重要なポイントだからだ。イヴォンはまったく正しくそのことを言い当てている。「資本主義が消滅したからといって、必ずしも労働者が解放されるわけではない」。フランスのプロレタリアはそのことを理解すべきだ。いや、もっと言えば、初めから知っておくべきだったのだ。ソヴィエトに関して言えば、かの国の労働者たちは、そろそろ幻想を失い始めている。ようやく自分自身のために働ける、そうして自分の尊厳を取り戻せる、という幻想を。なるほど、労働者を搾取するような資本家はおそらくもういない。だがそれでも労働者は搾取されている。それがきわめて狡猾《こうかつ》で手の込んだ、回りくどいやり方なので、労働者はもう誰に責任を問えばよいかわからないのである。彼らが安い賃金に甘んじているおかげで、ほかの労働者たちの賃金が不釣り合いなほど高くなっている。彼らの労働、彼らの「剰余労働」から利益を得ているのは、彼ら自身ではなく、ほかの者たちなのだ。恵まれ、ひいきされた、迎合する者たち、それゆえたっぷり餌を与えられている者たちなのである。こうして、彼らの慎ましい給料から差し引いた分で、毎月一万ルーブルかそれ以上の高い給料が賄われている。
　具体的に示すために、ここにM・イヴォンが作成した実に雄弁な表を書き写そう。[104]
その正確さには誰も異論を差し挟むまい。

104　〔原注〕M・イヴォン『ロシア革命はどうなったか』

	月給の最低額および最高額	通常の月給
労働者	七〇から四〇〇	一二五から二〇〇
下級事務員	八〇から二五〇	一三〇から一八〇
女中（使用人）	五〇から六〇。加えて住み込みで食事つき	
中級事務員および技術者	三〇〇から八〇〇	
上級管理職、専門家、高級官僚、教員の一部、芸術家、作家	一五〇〇から一万以上。人によれば月に二万から三万の収入がある	

（単位はルーブル）

年金支給額の比較表も同じくらい雄弁である。

労働者の退職年金――月に二五から八〇ルーブル。ほかに一切の特典なし。

高級官僚および上級専門家の未亡人の年金――月に二五〇から一〇〇〇ルーブル。加えて、終身保障の邸宅ないしアパルトマンが与えられ、子どもたちには奨学金も支給される（時には孫にも）。

さらに、給料から差し引かれる額についての表があり、一五から二一％の天引きとなっている（月一五〇ルーブル以下の給料の場合には一部免除される）。この章をここにまるごと引用するわけにはいかないが、冊子全体の一読を勧めたい[105]。

日給五ルーブル。たいていはもっと少ない。フランスの給料と比べてみるとよい。何なら失業手当とさえ比べてみてもいいだろう。確かにパンはフランスよりも安い（一九三六年現在、ライ麦パンはキロ〇・八五ルーブル、白パンは一・七〇ルーブル）。だが、ごく普通の衣類や生活必需品が「法外な値段」なのである。ルーブルの購買力は「平価切り下げ[106]」前のわれらがフランよりもやや下回っていた[107]。給与以外にも労働者にはさまざまな特典があったはずだとは簡単に言わないでほしい。そうした特典は、

105　この冊子自体を手に入れることは現在の日本の読者には難しいだろうが、ネット上に原文の全体が読めるサイトがある（M・イヴォンの著書については179ページ注87参照）。

106　一九三六年十月にレオン・ブルムの人民戦線内閣によりフランの切り下げが行われている。ジッドがソ連を旅行したのは一九三六年六月から八月、すなわち切り下げ前だった。

たいていの場合、高給取りだけのものなのだ。

製造品の値段がどうしてこうも高いのかと不思議に思うだろう。それに生鮮食料品（牛乳、バター、卵、肉、等々）の値段も高いのである。国家が売り手だというのに。だが、商品の量が十分でないうちは、つまり供給が需要を情けないほど下回っているうちは、需要の意欲を挫《くじ》いておくのは、悪い政策ではないのだろう。商品は、高い値段を払える者たちにしか行き渡らないから、大多数の庶民だけが欠乏に苦しむことになるのである。

この大多数の庶民は、おそらくこの体制をまったく評価していないだろう。だからこそ彼らの口を封じておくことが肝要となるのである。[108]

＊

ジャン・ポンス氏は、平均給与額が徐々に上がっているのを見て、ずいぶんと悦に入っている。[109]

一九三四年　一八〇ルーブル（平均額）

一九三五年　二六〇ルーブル（平均額）
一九三六年　三六〇ルーブル（平均額）

しかし私は、氏の注意を以下の事実に向けたい。すなわち、単純労働者のささやか

107（原注）一九三六年の平均的給料の購買力はライ麦パン二二五キログラムである。一九一四年には、当時の平均的な労働者の月給である三十ルーブルの購買力はライ麦パン六〇〇キログラムであった。

108（原注）近年、次々と行われているあのおぞましい弾圧の理由もここにある。スターリン自身も数年前にはまだこう言っていたのだが。「われわれの道は二つに一つである。楽観主義と官僚的なやり方を捨て、われわれの過ちに苦しんでいる党外の労働者と農民の批判に晒《さら》されるか、もしくは、彼らの不満がたまったあげく、暴動という形の批判を受けるかである」（スヴァーリン著『スターリン』に引用されたスターリンの演説より）

109（原注）［ジョルジュ・］フリードマン［フランスのマルクス主義的社会学者］はスタハーノフ運動を何とかして給料を上げるためのうまい方法だとみなそうと懸命になっているが、私はむしろ、それが、普通の労働者にさらに生産量を上げるよう強要する方法と見るべきではないかと危惧しているのである。

な給料は実はまったく変わっていないこと、そして、この〈平均額〉の上昇は主に、特権的な者たちに、つまりその膨れ上がった報酬に、起因しているということである。おまけに、平均額が上昇するにつれて、生活物価も同じように上がっており、ルーブルの購買力もますます下がっているのである。[110]

そのため、こういう本末転倒の事態が起きている。すなわち、一部の特権階級に巨額の報酬を与えるために、[111] そしてフランスの労働者たちに、ロシアの労働者たちは幸せにうまくやっていると思い込ませるための強力なプロパガンダを行う費用を賄うために、最も多くの働き手たちを一日五ルーブル――あるいはそれ以下――の給料で、ほとんど極貧と言っていい状態に追いやっている、ということである。ロシアの労働者が幸せであることについては、もうあまり教えてもらわなくてもよいから、その分、彼らをもう少し幸せにしてやってくれぬかと思う。

110 〔原注〕公式の統計によれば、一九二三年から二五年まで、重工業に従事する労働者の給料の総額は五二％増加した。しかし、この同じ期間に、公務員の給料は九四・八％、商店の従業員は一〇三・三％増加したのである。そもそも、ルーブルの購買力が低下しているので、この給料の上昇は生活の質の上昇をいささかも意味してはいなかった。

111 〔原注〕労働者がその仕事から上がる全生産を享受すべきだなどと言っているのではない。マルクスもエンゲルスもそんなことは考えていない。

資本主義社会では、ある者たちの「剰余労働」のおかげで、ほかの者たち――ごく少数の者たち――が何もせずにぶらぶらしている。そうやって階級が形成され階級間の対立が引き起こされる。この剰余労働は、しかし「消滅させることはできないだろう」とマルクスは言う（つまりマルクスは、労働者は自分の仕事の全部を自分個人の利益にすることを望んではならないと示唆しているのだ）。「ある程度の量の剰余労働は、事故に対する保険や、その他［…］等々のために必要である」とマルクスは言う。そこに列挙されている例はもちろん不完全である。その他、機械の維持費や、「新たな進歩に役立つに違いない種々の要素を構成」するための何らかの積立金も勘定に入れなければならないだろう。さらに、周辺諸国が社会主義化していないのだから（それは「一国内のみ」の社会主義化の当然の帰結である）、赤軍の維持費も加えなければならない。こうしたことはマルクスもきっと同意しただろうと私は思う。けれども、ある者たち――大多数の者たち――の剰余労働が、ほかの者たちの巨額報酬を許すようになるなどということは、おそらくマルクスにはおぞましい、認めがたいものと映るのではないだろうか。そんなことはただ特権階級の形成に寄与するだけであり、マルクスの言う「物質的労働に割く時間をなおいっそう減らしていくこと」（『資本論』第三部第七篇第四十八章）にはいささかも寄与しないのである。

Ⅵ

もはや搾取されていないと感じること、それは確かに途方もないことだ。しかし間違えてはならない。人々はまだなお搾取されているのであり、しかも誰によってかが、もうわからないのである。この悲惨の責めを誰に負わせればいいのか、誰を糾弾すればいいのか、もうわからないのである！　このやり場のない不満の中にこそみじめさの頂点があると見たセリーヌ[112]は正しかったのではないかと私は思う。彼は力強くこう言っている。

「ここじゃあ俺たちはまだ楽しんでる！　主張する必要もない！　俺たちはまだれっきとした〈虐げられた人々〉ってやつなんだからな！　呪われた運命ってやつの責任をぜんぶ血をすする連中におっ被《かぶ》せてやればいい！　あの〈搾取者〉っていう癌《がん》によ！　それからあばずれ女みたいに振る舞えばいい。誰にもおかまいなしにな！

［…］だが、破壊する権利がなくなったらどうするよ？　文句も言えなくなっちまったらどうするよ？　そしたら生きてることも耐えられなくなっちまう！［…］」（『懺悔《メア・クルパ》』）

今朝（一九三七年二月八日）、Xが意気揚々と昨夕の『ル・タン』紙を持ってやってきて、私に向かって読み上げ始めた。

「二度にわたる五カ年計画を通じて、ウクライナの予算は七倍に増えた。[113]新予算の支出の大部分は社会的施策と文化的施策に充てられ、そのうちの二十五億六千四百万

112　ルイ＝フェルディナン・セリーヌ（一八九四―一九六一）。フランスの作家。徹底したペシミズムと俗語を交えた革新的な文体によるデビュー作『夜の果てへの旅』（一九三二）が賛否両論の反響を巻き起こし、一躍作家としての地位を築く。一方で過激な反ユダヤ主義思想を表明したパンフレットを発表、対独協力の罪で有罪判決を受けて亡命した。貧窮のうちに死んだが、死後、作品に対する再評価が行われた。一九三六年、ソヴィエト政府の招待を受けてソ連を旅行したが、帰国後、強烈な反共産主義文書を発表する。それがここに引かれている『懺悔』である。

113　〔原注〕だからといって、これが安い給料の上昇を引き起こしたわけではいささかもない。むしろ常にこの安い給料の犠牲によって「積立資金」ができているのだ。

ルーブルは公教育に、十二億二千七百万ルーブルは公的医療費に支出される……。どうだい、これに何か言いたいことがあるかね」

私はルイス・フィッシャーの本[114]――これはずいぶんとソ連に好意的な本ではあるのだが――の百九十六ページを開くと、今度は私が読み上げてXに返答した。

「支配者としてのプロレタリアが徐々に競争者たちにその地位を譲り渡しているような印象を私は持っている。というのも、現在〈世界最大の温泉保養地〉キスロヴォツクに）建設中の十六の新しい療養所《サナトリウム》は、ほとんどすべて国立銀行や重工業委員会、逓信委員会や『プラウダ』等々、政府機関によって建てられているからだ。これらの政府機関では、役人ではない労働者も雇ってはいる。しかし、そうした労働者より役人たちの方が簡単にベッドも浴室も回してもらえるだろうと私は想像する」[115]

ルイス・フィッシャーは「労働組合の怠慢」のせいだと言うのだが、またずいぶんと買いかぶったものである。彼の言うことを聞いていると、まるで何もかも組合の力にかかっているかのようなのだ。「政府の役人ならびに技師たち、その他〈うまく政府にすり寄った団体〉などが一番よいアパルトマンを独占したり、療養所で大きな顔をしたりすること」を防ぐのは、ひとえに労働組合の力にかかっているのだそうだ。

とんでもない話である。まったく違う。官僚機構が支配しているところでは、組合は無力なのである。プロレタリアの独裁などと私たちは聞かされてきたが、実態はますますそこから遠ざかっている。実際には「プロレタリアに対する官僚の独裁」[116]がますます強まっているのである。

というのも、プロレタリアはもはや自分たちの侵害された利益を守ってくれる代表

114　ルイス・フィッシャー（一八九六―一九七〇）。アメリカのジャーナリスト。ソ連を取材し、一時ソ連政府を代弁するような主張をしていたが、後に反共産主義に転じた。

115　〔原注〕ソ連についてのルイス・フィッシャーの本は非常に興味深い。極端にソ連に好意的なため、批判はとても目立たなくなっているのだが、にもかかわらず、読む目を持っている者にとっては、やはり読み取れるのである。カフカス地方の小さな国々について、彼は魅力的な描写をしている。そこからはソヴィエトという木の枝々がまだ青々としている様子がうかがえる。腐っているのは幹自体なのだ。

116　〔原注〕「実際には、組合も評議会《ソヴィエト》もとうに（一九二四年に）存在しなくなっている。労働者たちは、党の事務局に完全に従属している二万五千人の役人たちからなる一枚岩の〈機構〉が牛耳るこの金のかかる行政組織に、何の保護も援助も期待していなかった」（スヴァーリン著『スターリン』347ページ）

を選出することすらできなくなってしまっているからだ。人民投票は、公開にせよ秘《ひ》密裡《みつり》にせよ、ただの見せかけであって、何の力も持っていない。上役から下っ端まで任命はすべてあらかじめ決定され、そのとおりに行われる。人民は、前もって選ばれた者たちに投票する権利しか持っていない。プロレタリアは完全になぶりものにされている。猿ぐつわを嚙《か》まされ、がんじがらめに縛られて、反抗などほとんど不可能になっている。ああ！　スターリンは巧みな試合運びで、見事に勝利を収めたのだ。拍手喝采しない者を敵や裏切り者とみなし、ソ連で自分たちは勝利したのだと今なお信じている、そしてこれからも長く信じ続けるであろう世界中の共産主義者たちは、これに大喝采を送っているというわけである。

＊

官僚機構はＮＥＰ《ネップ》［新経済政策］の終了以来、顕著にその力を強め、ソフホーズとコルホーズの中に介入してきている。一九三六年九月十六日付の『プラウダ』は、アンケートを行った結果、たとえば農業機械局の人員のうち、不要な従業員たちの数は一四％以上に上ると見積もっている。[117]

初めは管理の道具として作られたこの官僚機構は、やがて支配の道具となり、スターリン自身もその奴隷となっているのだ、とある者たちは主張する。個人としての価値のない怠け者どもを安楽な地位から追い出すほど難しいことはない。すでに一九二九年にオルジョニキーゼ[118]はこの「とてつもない数の役立たずども」に愕然としていた。彼らは真の社会主義について何一つ知る気もなく、社会主義の成功を邪魔することしかしないのだ。「誰も必要としない、どうしようもないこの連中を、こともあろうに検査監督部門に置いている」と彼は嘆いている。けれども、この連中が無能であればあるだけ、スターリンは彼らの順応主義的な献身を当てにすることができるのだ。この連中が恵まれた地位を保つにはただ寵愛《ちょうあい》によるしかないのだから。彼らは言うまでもなく体制の熱烈な賛美者である。スターリンの命運に奉仕することで、彼らは自分自身の命運も守っているのである。

117　〔原注〕官僚の俸給は戦争前で国家の歳入の八・五％を食っていたが、一九二七年には一〇％に上っていた。最近の数字はわからない。

118　グリゴリー・オルジョニキーゼ（一八八六―一九三七）。革命時から活躍したソ連の政治家。スターリン派の幹部だったが、粛清に抗議してスターリンと対立、自殺に至る。

*

公僕が「官僚」となってしまうのを防ぐために不可欠だとレーニンがみなしていた三つの条件がある。一、いつでも罷免できること、そしていつでも選ばれる可能性が開かれていること、二、給料が平均的な労働者と同等であること、三、全員が検査と監督に参加すること、そのようにして必ず——と彼は強調している——全員が一時的に公僕となり、だが誰も「官僚」とはならないようにすること。しかし実際には、この三つの条件のうち、どれ一つとして満たされてはいない。

ソ連から帰ってきた今、レーニンの『国家と革命』という小さな本を読むと、胸が締めつけられないではいられない。今日《こんにち》のソ連は、夢見ていた共産主義社会から遠ざかっているというだけではなく、社会主義に到達するために必要な過渡的な段階からさえ、かつてよりももっと遠くなってしまっているからだ。

レーニンのこの小さな本の中には、さらにこんなことが書いてある。

「カウツキーの言うことをまとめると結局こういうことになる。選出された役職従業員がいる限り、公務員も存在する。したがって、社会主義体制においても官僚機構は存続する、と。しかし、これほど間違ったことはない。マルクスはパリ・コミューンを例にとって、公の職に就いている者たちは社会主義体制にあっては『官僚』や『公務員』ではなくなることを示してみせた。そしてそれは、公務員の公選といつでも罷免できる制度の確立に加えて、俸給を労働者の平均的な給料にまで引き下げること、さらには議会的な機構をやめてその代わりに実働的な機関が法を作り、それを執行するようになるのに応じて、実現されるのである」[119]

今日の情勢からすると、どうやらカウツキーの方が正しかったのではないかという気がする。果たしてスターリンは今日、レーニンかカウツキー、どちらを投獄ないし銃殺に処するだろうか。

119　〔原注〕「労働者たちによる革命の第一段階は、プロレタリアを支配階級に押し上げること、民主主義を勝ち取ることである」とマルクスとエンゲルスは有名な『共産党宣言』で述べている。「民主主義を勝ち取る」、そう、そのとおりだ。だが実際は、民主主義を勝ち取るどころか、民主主義が征服されてしまっているのだ。

新憲法[120]を見てみると、あらかじめ先回りして批判に応え、当然予想される攻撃を防ごうと策を講じていることが、あちこちにはっきりとうかがえる。指導者たちは、この国家という機械の操縦が人民の手から離れてしまっていて、人民とそれを代表するとみなされる者たちとの間で、実際には何のつながりもなくなっていることを、完璧に理解している。しかもそれこそが指導者たちの望みなのである。だからこそ、逆にこのつながりがかつてないほど緊密であると信じ込ませることが重要なのだ。そして、「評議会《ソヴィエト》諸機関に対する大衆の監視の目はますます厳しくなり、大衆に対する評議会諸機関の責任はますます大きくなるだろう」と一九三七年三月十三日付の『ユマニテ』［フランス共産党の機関紙］が書いていることがあたかも真実であるかのように、信じ込ませなければならないのである。『ユマニテ』はさらに付け加えてこう書いている。「新しい選挙システムは、選ばれた人民の代表たちと、有権者である大衆との絆を強固なものにするだろう」と。それが本当なら、なんとも結構なことだ！　あまりにそらぞらしい美辞麗句を並べすぎて、つい本音が出たのか、この同じ記事はそれに続いて、「われわれが選挙を指導するのだ」とか、「いずれ秘密投票で落選する劣悪な候補者たちを批判し、今から反対の声を上げておくのだ」などと書いている。前もって予防線を張っておこうとするこの慎重さには感心するほかない。一九三四年十月十九日のあの過ちを繰り返すのが、よほど嫌なのだろう。あの日（たとえばキエフの地方委員会の総会などで）人民に「今日《こんにち》では党の敵としてその正体を暴露されている人たち」を選出する可能性を委ねてしまったことを後悔しているのである。だからこそ選挙の前に、速やかに、「党の活動的中核グループの発展を妨げるものはことごとく排除する」必要性が生まれてくるというわけだ。「自由な」選挙が行われるのは、やっとそのあとのことなのである。

120　一九三六年十二月に制定された、いわゆるスターリン憲法のこと。普通選挙制を定めるなど「世界一民主的な」内容を持つと言われたが、適用の面では空文化していることが多かった。

それゆえに、私はある新聞に次のようなことを書いた編集者が何か罰を受けはしないかと、とても心配している（その人物に害が及ぶことを恐れて名は明かさないでおく）。この執筆者はソ連にもスターリンにも新憲法にも、完全な忠誠を捧《ささ》げているのだが、その賛辞の中で、おずおずとこのような見解を書き留めているのである（一九三七年二月二十七日付）。

「現今のシステムにおいて、我々が危惧しているのは、国家の諸機関がもはや労働者である大衆と交わっていないのではないかというまさにその点である。かつて評議会《ソヴィエト》のシステムにおいては交わりがあった。しかし、現在の国家諸機関は、逆に大衆から離れようとしている。

——何故に？……

——もちろん有権者たちの間に距離があるからであり、有権者と代議士との間にも距離があるからにほかならぬ」

この無謀な批判者は、この後さらにこう続けている。「以前の統計によれば、市民六十人につき一人が何らかの会議《ソヴィエト》の代議員になっていた」が、「この会議《ソヴィエト》がどんなものであれ、それはピラミッドの石の一つだったのであり、国全体の政治に影響を及ぼしていたのである」と。しかし、本当はそれこそが邪魔だったわけだ。それを正常に戻さなければならなかったのである。そのために、「土台となる人民のための恒常的な政治組織は、もはや存在しない」と、この批判者が言う事態になっているわけだ。[121]

私たちはしたがって、サー・ウォルター・シトリンがこう宣言したことに全面的に同意するほかない。「ソ連は、ほかのすべての独裁国家と同じように、一握りの人間に支配されており、人民大衆は国の政治にはまったく参加していない[122]、あるいは少なくともごく小さな一部にしか参加していない、それが私の確信するところだ」

121 〔原注〕最大多数の最大叡智《えいち》というものを私はまったく信じない。だが、ここで問題なのはそれではない。問題なのは、この最大多数が苦しんでいるとき、彼らの不平不満が聞こえてくるようにはからうことだ。それを伝達する代表者の言うことをみんなで一致して聞こうとすることだ。

122 〔原注〕シトリンは正確には、「今までは参加しなかった」と書いている。しかし彼が一九三五年に言っていたこの言葉は、今でもまだ十分に言いうるだろう。いや、新憲法の制定以来、さらに断言できるだろう。

*

いずれにしても、結局のところ、ツケを払わされるのはいつも民衆なのだ。たとえどんなに遠回しにであっても。何らかの形で——たとえば国民が最も必要としているはずの食料品の輸出だとか、農産物の生産者価格とそれが消費者に届くときの価格との恐るべき格差、あるいは給料の天引きなどの形で——犠牲になるのはいつも労働者階級や農民階級である。彼らが使えるお金を削ることによって、必要な、それでも慢性的に不足している、積立資金を確保しているのだ。それは第一次五カ年計画のときからすでにそうだったし、今もなおそうであり続けている。この積立資金は、国家という機械の推進力となるべきものだが、当然果たすべきその役割のほかに、さらに何か有用な目的、役に立つ慈善的な目的に使われるのであれば、まだましである。病院や療養所、文化施設などに使われるのであれば、国民がそれを享受するのだと信じることができる。いや、少なくともそれを享受してくれるだろうと願うことができる。しかし、このような窮乏のときに、この積立資金が、忠実な同志ジャン・ポンスでさえ仰天するソヴィエト宮殿（今は亡き評議会《ソヴィエト》の宮殿[123]）の建設のために消えてしまうというのだから、開いた口がふさがらない。いやはや！　高さ四百十五メートルの大建造物（「ニューヨーカーたちも悔しくて真っ青になるだろう」とジャン・ポンスは言う）の上に七十から八十メートルのステンレス鋼製のレーニン像がそびえ立つというのである。その指一本の長さだけで十メートルになるという。[124]なるほど、労働者もどうして自分が死ぬほど飢えているのか、その理由がわかろうというものだ。あるいは労働者もそれでいいと思うのかもしれない。パンがない代わりに、少なくとも何か自慢できるものがあるわけだから（自慢するのはたぶん本人ではなく、ほかの者たちだろうが）。何よりも凄いのは、労働者たちもまたこの宮殿に賛成する方に投票するだろうということだ。しかも満場一致で！　ロシアの人民に、必要なのはもっと豊かな暮らしかそれとも宮殿かと聞いてみればよい。「まず宮殿を」と答えない者、そう答

123　評議会《ソヴィエト》の会議場などが入る予定で、一九三一年に発案されたが、建設途中に第二次世界大戦が始まり、結局完成しなかった。

124　〔原注〕ジャン・ポンスが提供してくれる数字を疑うつもりはないが、それにしても、全体で七十から八十メートルの高さの像に対して指一本が十メートルとは？　とりあえずこのレーニンは座っているのだと考えておくことにしよう。

えるべきだと感じない者は一人もいないだろう。

「都に宮殿が一つ建つのを見るたびに、私は国全体があばら屋になっていくのを見る気がする」とジャン＝ジャック・ルソーは書いている（『社会契約論』第三篇第十三章）。ソヴィエトの労働者たちもそんなふうにして「あばら屋に」住む羽目になるのだろうか？ いやいや！ むしろ彼らがあばら屋にでも住めるようスターリンのご加護があらんことを！ 彼らはボロボロのバラックに放り込まれているのだから。

＊

私はソ連にいたときにはこうしたことをまったく知らなかった。コンゴを旅行していたときも植民地での認可を受けた大企業の活動について何も知らなかったが、それと同じである。ソ連でもコンゴでも壊滅的な状態は確認したが、その頃の私には、その原因はよくわかっていなかった。ソ連についての本を書いた後になってようやく、私はさまざまなことを学んだのである。シトリン、トロツキー、メルシエ[125]、イヴォン、ヴィクトル・セルジュ[126]、ルゲー[127]、ルドルフ[128]、そのほか大勢の人が、私に資料を与えてくれた。彼らに教わって初めて、それまではかすかな疑いでしかなかった私の心配が、しっかりと裏付けられ、補強されたのである。今こそ、フランス共産党は目を開くべきだ。フランス共産党を騙《だま》し続けている者たちも、その行いをやめるべきだ。あるいはそうでなければ、労働者たち国民は、共産主義者たちに騙されていると知るべきだ。共産主義者たち自身もまた未《いま》だにモスクワに騙されているのと同じように。

125　エルネスト・メルシエ（一八七八―一九五五）。フランスの実業家、フランス石油会社（現トタルの前身）の創業者。政治的な活動にも積極的に参加し、『ソ連　省察一九三六』の著書がある。

126　本名ヴィクトル・キバリチチ（一八九〇―一九四七）。ベルギー生まれのフランス語作家。ロシア人の両親を持ち、国籍はソ連。共産党員だったがスターリン批判の廉《かど》で強制収容所に送られる。国際的な助命嘆願運動が起こり、一九三六年四月に解放され、同年十一月にジッドと会見している。

127　クレベール・ルゲーは、プレイヤード版の注によれば、フランスの社会党員で労働組合活動家。ドンバスの炭鉱での調査をもとにした『ロシアで働くフランスの炭坑夫』（一九三七）の著書がある。

128　本名ラウル・ラズロ（一九〇二―四〇）。チェコ出身の元共産党員で、ソ連の役人として働いた。A・ルドルフの筆名で『ソヴィエト・ロシアとの訣別』（一九三六）を著す。163ページ注81および補遺「手紙と証言」の297―301ページ参照。

Ⅷ

この三年間、私はマルクス主義的な文章にあまりにも浸りすぎていたので、ソ連に行ったときには、まるで違う風景の場所に来たような、なじめない思いをした。旅行記や熱狂的な描写を含む、賛辞に満ちた書き物を読みすぎていたのもいけなかったのだろう。私の大きな間違いは称賛の言葉を信じすぎたことだった。しかし、私に警告を発してくれていたと思われる書物はどれもひどく意地の悪い調子で書かれていたのだ……。私は憎しみよりもむしろ愛の方を喜んで信じる性質《たち》である。そう、私は信用したのだ。信頼したのだ。だから、向こうに行ったとき、私が困惑したのは、あの国が未完成であるということ以上に、私が避けたいと思っていた厚遇や、もうなくなっていてくれればと願っていた特権がまだ残っていたことだったのである。確かに、客に対しては、できるだけ歓迎しよう、どこに行っても最高のものを見せようとするのは、自然なことではあるだろう。けれども、私が驚いたのは、最高のものと普通一般のものとのあまりにも大きな落差だったのだ。特権はあまりにも大きすぎ、普通のものはあまりにも貧弱で劣悪だった。

たぶんこれは私の精神の悪い癖というか、根っからプロテスタントに作り上げられた精神の習い性なのだろう。得になる考えや「心地のよい」意見というものを私は信用しないのだ。つまり、そういう意見を吐く人間がそのことで何か利益を得られるような、そんな考え方を警戒するのである。

言うまでもなく、私には、ソヴィエト政府が——明確な買収の意図があるわけではないにしても——芸術家や作家たちを、つまりは褒めあげて宣伝してくれそうな人たちを、優遇することで得られる利得がよく見えている。また逆に、作家の方が自分をこれほど歓待してくれる政府や体制を承認することで得られる利得もまた、いっそうよく見えすぎている。だからこそ私は即座に警戒態勢に入った。誘惑されてしまうことを恐れた。あの国で私に与えられた桁違《けたちが》いの待遇は、私には恐怖だった。私は特権を享受するためにソ連に行ったのではない。しかし、私が破格の待遇で迎えられたことは誰の目にも明らかだった。

それなのに、どうしてそのことを言わないでいられよう。モスクワの新聞各紙は、数カ月で私の本が四十万部以上売れたとあらかじめ教えてくれていた。印税がどれぐらいかは想像にお任せしよう。さらにエッセイを寄稿すれば、それはそれはたっぷりとした原稿料が支払われたものである！　もし私がソ連について、そしてスターリンについて、熱烈な讃歌を綴《つづ》れば、一体どれほどの財産が築けたことだろう！……

とはいえ、たとえそうしたことを考えたとしても、私は褒めたたえるべきだと思えば褒めたたえただろうし、逆に批判すべきだと思えば批判しただろう。ただ、告白するが、あの国では筆を持つ者たちはみな――しかるべき方向性をもって書く限りにおいて――途方もない（ヨーロッパの他のどの国よりも恵まれた）特典を与えられていた。そのことだけで私を警戒させるに十分だったのだ。ソ連では、あらゆる労働者や職人の中で、文士は飛び抜けて優遇されている。私と一緒に旅をしていた二人の作家は（そのどちらも著書のロシア語訳が印刷されているところだった）、前金にもらったばかりの何千ルーブルもの印税の使い道に困って、骨董品《こっとうひん》の店や価値のある珍しいものを扱う古物商を訪ねて回っていた。そういう大金は国外に持ち出せないことがわかっていたからだ。私に関して言えば、莫大《ばくだい》な前金をほとんど使うことができなかった。なぜなら何もかも全部向こうの支払いで提供されたからだ。そう、全部である。旅行の費用それ自体からタバコのカートンに至るまで。私がレストランやホテルの料金を精算しようとしたり、何かの請求書を支払おうとか切手や新聞を買おうとしたりして、財布を取り出すと、そのたびにガイドが満面に笑みを浮かべて、有無を言わせぬしぐさで私を止めるのだ。「ご冗談を！　あなたは私たちのお客様ですよ。あなたも、五人のお連れの方々も」

確かに、ソ連を旅している間じゅう、私には何一つ文句を言うべきことはなかった。私のソ連批判を無効化しようとして、人はありとあらゆる悪意に満ちた解釈をでっちあげたが、その中でも、私が個人的に旅行での待遇に満足できなかったからだ、と解釈したものなどは、最も馬鹿げたものである。かつて一度も、私はあれほど豪勢な旅行をしたことがない。列車に乗れば特別車両、車は最高級、常に最高のホテルで最高の部屋に泊まり、ごちそうはふんだんに、しかも選りすぐりのものが用意された。何という歓待、何というもてなし、何という心遣い！　どこに行っても拍手され、もてはやされ、親切にされ、盛大にお祝いされた。私に提供されたものは、すべてこれでもかというくらい極上のものばかりだった。これほどの心づくしを拒否したりしたら、私はよほど不興を買ってしまっただろう。とてもそんなことはできなかった。それについては、私は素晴らしい思い出を今も抱いているし、深く感謝もしている。けれども、こうした歓待そのものが、絶えず私に特権や差別を思い出させたのである。私は〈平等〉に出会えるものと期待してあの国に行ったのに。

時には大変な苦労をして公式の予定や監視の目をかいくぐり、日給四、五ルーブル程度のしがない労働者たちと交流したこともあった。そんなとき、私のために開かれる、どうしても出ないわけにはいかない祝宴に思いを馳《は》せて、やりきれない気持ちになったものだ。祝宴はほぼ毎日のように開かれたが、一度の宴会の中ですでにオードブルだけで三回もお腹が膨れそうな量が出てくるのである。まだ本当の食事は始まっていないというのに。本当のコースが始まると六種類のご馳走が出され、宴は二時間以上に及んで、ぐったりと疲れ果てる。何という浪費！　勘定書を見ることは一度もできなかったので、それがいくらだったか正確に言うことはできない。しかし、ソ連の物価に非常に詳しい旅の同行者の一人は、一回の祝宴につき、酒やワインも込みで、一人頭三百ルーブル以上になるだろうと推測していた。私たちは六人であり、ガイドを加えて七人であった。さらに、たいていの場合、招く側の人数も私たち招かれる側と同じぐらいだった。時には私たちよりはるかに多いこともあった。[129]

旅行中、私たちは正確に言えば、政府の招待客ではなかった。潤沢な資金を持つソヴィエト作家同盟の招待客だったのである。この同盟が私たちのために支出した費用

129　〔原注〕旅のあいだに日々書き留めていた道中記の一ページをここに書き写しておこう。

「八時に予定されていた夕食が八時半に始まる。九時十五分になってもまだオードブルの給仕も終わっていない。

（文化公園で泳いできたので、私たち――エルバール、ダビ、コリツォフ、そして私――は、ひどくお腹が空いていた）私はパテを大量に食べる。病院を視察する予定があったため、九時半頃席を立とうとすると、ちょうどポタージュ用のスプーンが運ばれてくる。鶏肉の入った野菜のポタージュ。そのあと西洋ザリガニ《エクルヴィス》の型詰焼《タンバル》にキノコの型詰焼《タンバル》、それから魚、さまざまなロースト肉と野菜が出るという……。私はそれを諦めて荷造りをしに行く。それからその日の式典について『プラウダ』に一言書かなければならない。それを済ませて戻ってみるとまだ巨大な円錐型アイス《ボンブグラッセ》を平らげる時間があった。このような饗宴《きょうえん》に私は怖気《おぞけ》を震うが、のみならず断固として非難する（あとでコリツォフとよく話し合わねばならないだろう）。こういう宴会は馬鹿げているだけでなく、不道徳――反社会的である」

を想像すると、彼らに権利を譲ってしまった私の印税という金鉱をもってしても、それを償うことはできなかったのではないかと心配している。

もちろん彼らがこれほど気前よく歓待したのは、別の結果を当てにしていたからである。『プラウダ』が私に恨み節を言うのも、その理由の一端はそこから来ているのだと思う。つまり私はあまり「割のいい」客ではなかったのである。

*

私のソヴィエト旅行という冒険には何かしら悲劇的なものがあることは間違いない。熱烈な支持者として、確信を持った者として、私はここに新しい世界を見て感嘆するために来たのだった。しかし人々は、私を誘惑するために、旧世界の中で私が忌み嫌っていた〈特権〉というものをこれでもかと私に捧《ささ》げてきたのだった。

「あなたは何もわかっていない」と、ある優秀なマルクス主義者が私に言う。「共産主義は一人の人間による他の人々の搾取に反対するだけなのです。何度言えばわかるのですか。それが達成されれば、あなたはアレクセイ・トルストイや大オペラ座の歌手のようにお金持ちになってもよいのですよ。あなた個人の仕事によってその財産を築いたのであればね。あなたがお金や所有をそんなに嫌ったり憎んだりするのは、子どもの頃植え付けられたキリスト教的な考え方が未《い》だ《ま》にしつこく残っているからでしょう」

「そうかもしれません」

「それはマルクス主義とは何の関係もないことをお認めなさい」

「何とも残念です……」

＊

私はよく知っているし、人にもよく言われるが、ソ連の人々に特徴的なある種の性格、時には最も魅力的な種類の性質──たとえば、すぐに人と打ち解ける気安さや、私がたちまち共感してしまったあの警戒心のない親切さ──にせよ、せっかくうまくいったものを台無しにしてしまうあの明らかな欠点にせよ、そうした性格の特徴は半東洋人《セミ・オリエンタル》であるロシア人の気質から切り離せないものであって、革命後の新体制に始まったものではない。帝政《ツァーリ》時代にも私はきっと、欠点であれ美点であれ、そうした性質にほぼ間違いなく出会っただろう。社会的な状況が変わっただけで、人間の本性が深く変化することを期待するのは間違いであると私は思っている。誤解しないでもらいたいが、人間の本性が変化するには、社会的状況がそれを許すことが重要であるし、場合によってはそれだけですでに十分なのだ。その力は大きい。けれども、社会的状況の変化が自動的に人間性の変化を促すことはないのである。なぜなら、人間も社会も機械ではないからだ。そして個人の内的な変革がないかぎり、私たちはまたブルジョワ社会が姿を変えて現れるのを見るだけであり、「古い人間」がよみがえって再び我が世の春を謳歌するのを見るだけに終わるのである。

人間が抑圧されているかぎり、社会不安の重圧が人間を疲弊させているかぎり、人間のうちにまだ多くの開花していないものが秘められていると期待するのは無理もないことだ。よくわれわれは子どもの驚異的な才能に期待するが、子どもは成長するとごく普通の大人になる、それとまったく同じである。期待はずれの人類の中でも、大衆は、そのほかの階級に比べてまだましな人々で構成されているという幻想を、われわれはつい抱いてしまう。そうではなくて、単に大衆は、ほかの階級の人間よりも「甘やかされる」度合いが低いだけだと思う。お金があれば、彼らもほかの人たちと同じように腐敗していくだろう。ソ連で起きていることを見てみるといい。今形成されつつあるあの新しいブルジョワ階級は、私たちの国のブルジョワ階級とまったく同じ欠点をことごとくそなえている。彼らは貧困から抜け出したかと思うと、もう貧乏人を蔑《さげす》んでいる。長いあいだ無縁だった富や財産をがつがつと追い求め、今ではそれをどうやって手に入れればいいか、そしてそれを手放さないためにはどうすればいいかをよく心得ている。「本当にこの人々が革命を起こしたのだろうか。いや違う、この人々は革命の恩恵を享受しているだけだ」。そう私は『ソヴィエト旅行記』に書いた。彼らは確かに党に所属しているかもしれない。だが、その心の中に共産主義的なものはもう何一つ持ってはいない。

IX

ただこれだけは確かだ。ロシアの民衆は幸せそうに見える。この点に関して私はヴィルドラックやジャン・ポンスの証言に全面的に同意するし、彼らの旅行記を読むと、一種の郷愁を覚えずにはいられない。というのも、すでに書いたとおり、民衆があれほど朗らかな表情を見せているところは、ソ連のほかにはどこにもないからだ。街ですれ違う人々も（少なくとも若者は）、視察に訪れた工場の労働者たちも、文化的な娯楽や楽しみのために休息の場所に詰めかける群衆も、みな一様ににこやかな表情を浮かべている。そういう外見と、今では誰もが知っている彼らの大多数が落ち込んでいる極端な貧困とを、どう結び合わせればいいのだろう。

ソ連国内をたくさん見て回ったことのある人たちは、私にこう断言する。ヴィルドラックもポンスも、そして私自身も、もし大都市を離れて、観光コースを外れれば、みな幻想から覚めるだろう、と。地方に行けば悲惨一色に塗り込められたところがいくらもありますよ。それからほかにも……と彼らは言う。

確かに、ソ連では貧困は悪いものと思われているので、隠されてしまうのだ。まるでそれが罪であるかのように。貧しさを知られると、慈善や援助を受けるどころか、軽蔑にさらされるのがオチだろう。堂々と人前に出てくる人たちというのは、この民衆の貧しさを犠牲にして安楽な生活を手に入れた者たちなのだ。しかしながら、ほかの貧しい人たち――飢えに苦しんでいるような人たちでさえも――が、相変わらずにこやかにしているのをたくさん見かけるのである。彼らの幸福は、私が言ったとおり、「信頼と無知と希望とで」できているのだ。[130]

私たちがソ連で見たものが、どれもこれもみな楽しそうに見えたのは、ここでは楽しそうでないものにはことごとく疑いの目が向けられるからでもある。悲しんでいること、少なくとも悲しみを表に出すことは、きわめて危険なのだ。ロシアは不平を口にするべき場所ではない。シベリアに送られたくなければ。

＊

ソ連は人口的にかなり多産なので、少々労働力を間引いたところで、表に現れることはない。そうやって目に見えない形で社会の豊かさが損なわれていくが、目に見えないだけにそれはよりいっそう悲劇的である。消えてしまった、消されてしまった人たちこそ、最も勇敢で価値ある人たちなのだ。物質的な収益性という意味ではそうでないかもしれないが、彼らは大多数とは違う多様な個性を持った人たちなのだ。大多数というのは、凡庸さの中で、その統一性、その画一性を保つものであるが、凡庸さというのは、放っておくとますます低きに流れる傾向を持つからである。

ソ連では、単に自由な批判をしたり、自由な思想を持っていたりするだけで、「反対派」と呼ばれる。スターリンは同意にしか耐えられないのだ。自分を称賛しない者はすべて敵とみなすのである。さらに、何か改革が提案されると、後からスターリンがそれを自分のものにしてしまうということもよくあるが、彼はその考えを横取りし、完全に自分のものとするために、それを提案した者をまず抹殺するのである。それが彼のやり方であり、そうやって正しいことをするのはいつも自分だということにしてしまうのである。しかし、そんなことをしていると、やがて彼の周りにいるのは何の考えも持たない者ばかりということになり、彼の間違いを指摘できるような者は一人もいなくなってしまう。それこそが独裁政治の特徴である。有能な人間ではなく、媚《こ》びへつらう者だけが周りを囲むのだ。

いかなる事件であるかにかかわりなく、また、どんな裁判所に、どんな労働者たちが連れてこられるのであれ、さらにはその主張がどんなに正しいものであるにせよ、

130 〔原注〕ただし、〈生きる〉ということに対するロシア民衆の驚くべき才能についても述べておかなければならない。「猫の生命力」とはドストエフスキーが自らを評して言った言葉である。比較に絶する試練をくぐり抜け、確かに苦しみはしたものの、決してへこたれはしなかった自分に、彼は自ら驚きつつ、そう言っているのだ。すべてに打ち勝つほどの生きることへの愛。それは無関心や無気力のゆえかもしれぬが、それよりもむしろ、はるかに多くの場合、内部から溢《あふ》れ出る楽しみや熱狂、説明できない、自然に湧き出る不可思議な喜びのゆえなのだ。いつでも、どんなふうにしてでも、どこでも……。むしろこう言うべきかもしれない。幸せに対する途方もない才能と適性、と。どんなものでもそれを変えることはできない。その意味でドストエフスキーは代表的な存在である。だからこそドストエフスキーはこんなにも深く私を感動させ、こんなにも大きな友愛の情で私を包むのだ。そして彼を通じ、彼と並んで、ロシアの全民衆が私を感動させるのだ。これほど悲劇的な経験に、こんなに高潔に立ち向かえる民衆はおそらくほかにはいまい。

彼らを弁護するために立ち上がる弁護士に望みはない。当局が彼らを有罪にしようとしている以上は。

＊

そして、収容所送りになった幾千もの人たち……。これら流刑者たちは、必要なときに必要なだけ頭を下げることができなかった、屈従しようとしなかった人たちなのだ。

先日、Mが「まったく！　そのうち私の番が来るかもしれないんだよ……」と言ったが、私にはそんな心配をする必要はない。しかし、この犠牲者たちを、私はまざまざと目に浮かべる。彼らの声を聞く。彼らが私の周りにいるのを感じる。今夜、私を起こしたのは、彼らの圧殺された叫びなのだ。今日、この文章を私に書かせているのは、彼らの沈黙なのだ。あなた方は私の本に抗議したが、私はあの殉教者たちを思いながら、言葉を綴《つづ》ったのだ。もし私の本が彼らに届くなら、そして彼らが密かに感謝してくれるなら、私にはその方が、『プラウダ』に褒められたり呪われたりすることよりも、ずっと大事なのである。

あの殉教者たちのために誰も立ち上がろうとしない。せいぜい右派の新聞が、自分たちの嫌悪する体制に石を投げつけるために彼らを利用するだけだ。正義と自由の概念を大切にする人たち、テールマン[131]のために闘う人たち、バルビュス[132]やロマン・ロランに共鳴する多くの者たちもみな押し黙り、口を閉ざしている。そして彼らの周りには膨大な数のプロレタリアの群衆が目を塞がれたままでいるのである。

けれども、私が憤慨していると、あなたたちは私にこう説いて聞かせるのだ（しかもまたしてもマルクスの名を借りて！）。この明らかに否定しがたい悪（私が言って

131　エルンスト・テールマン（一八八六―一九四四）。ドイツの共産党中央委員長。一九三三年、ヒトラーが政権を掌握した直後に逮捕され、第二次世界大戦中に強制収容所で処刑された。

132　アンリ・バルビュス（一八七三―一九三五）。フランスの小説家。第一次世界大戦に参加し、戦争文学の傑作『砲火』を書く。社会主義に傾倒し、ロマン・ロランらとともに両大戦間期の反戦平和運動を主導した。一九二三年、共産党に入党し、以後、党員知識人として活躍。

いるのは単に流刑のことだけではない。労働者たちの貧困や不十分な――あるいは法外な――給料、元に戻ってしまった特権の数々、階級の密かな復活、評議会《ソヴィエト》の消滅、一九一七年の革命が勝ち取ったすべてのものが徐々に消えてしまったこともそうだ）、あなたたちは訳知り顔で、この悪は必要なものなのだ、と私に説明してみせる。知識人であり、弁証法の議論に（詭弁《きべん》に）精通したあなたたちは、この悪を一時的なものとして、より大きな善に導くべきものとして受け入れているのだという。そして、賢明な共産主義者であるあなたたちは、この悪をあえて知ることを受け入れているのだという。だが、あなたたちほど賢明ではない人々には隠しておいた方がいいと判断しているわけだ。彼らは憤慨するかもしれないから、と……。

＊

人が私の本を都合よく利用することを、私は防ぐことはできない。いや、たとえそうできたとしても、そうしたいとはまったく思わないだろう。だが逆に、何であれ政治的党派のために利益になりそうなことを書くということも、私にはできない。それはほかの人たちの仕事である。そのことは共産主義者の友人たちとの親交が始まったときからすでに言っておいた。私は決して君らを安心させるような、おとなしい新兵ではないだろうと。

共産主義のもとに集まってくる「知識人たち」を、党は、利用はできるが油断のならない「不安定な分子」とみなすべきだ、と書いてあるのを私はどこかで読んだことがある。ああ！　まったくそのとおりである！　かつて私はヴァイヤン゠クチュリエ[133]に何度もそう言ったが、彼は聞く耳を持たなかった。

私にとって何よりも優先されるべき党など存在しない。どんな党であれ、私は党そのものよりも真実の方を好む。少しでも嘘が入り込んでくると、私は居心地が悪くなる。私の役目はその嘘を告発することだ。私はいつも真実の側につく。もし党が真実から離れるのなら、私もまた同時に党から離れる。

133　ポール・ヴァイヤン゠クチュリエ（一八九二—一九三七）。フランスのジャーナリスト、政治家。仏共産党の機関紙『ユマニテ』の編集長を務めた。

もちろん「マルクス主義的な観点から見て」、唯一の〈真理〉など存在しないということは、私もよく知っている（あなたたちも私に何度もそう言ったとおりだが）。少なくとも絶対的な意味においては、存在しない。あるのは相対的な真理だけである。だが、今ここで問題となっているのは、まさにその相対的な真理なのである。それをあなたたちはねじ曲げようとしているのだ。そして、このような重大な問題においては、ほかの人たちを欺こうとすることは、すでにして自分を欺くことになると私は思う。なぜなら、今あなたたちが欺いている人々とは、ほかならぬあなたたちがその人たちのために奉仕していると主張する人々、すなわち民衆だからである。彼らの目を塞いでおいて、正しく奉仕していると言えるだろうか。

大事なのは、物事をそれがそうであるとおりに見ることであって、こうであったらよかったのにという希望のとおりに見ることではない。

ソ連は、私たちがそうなってほしいと願っていたような国ではないし、あの国がそうなると約束していたような国でも、今なおそう見せかけようとしているような国でもない。ソ連は私たちの希望をことごとく裏切ったのだ。その希望が崩れ落ちるのを、私たちが受け入れたくないなら、また別のところに希望をかけるしかない。けれども、栄光に満ちた痛ましいロシアよ、私たちはお前から目をそらすことはすまい。お前はかつて確かに私たちに模範を示してくれたのだ。だが今は（無情にも！）お前は私たちに、革命がどんな砂の中にはまり込むことがあるのかを見せてくれているのである。

補遺

同行者たち

I

自分一人では心もとないと思い、私は五人の仲間を連れていった。それは彼らにもこの通常ではありえないほど便宜がはかられた快適な旅行を味わってもらいたいという気持ちからでもあった。旅行に行く前から、私も彼らもすっかり興奮し、ソ連に、そして約束された未来のすべてに魅了され、社会主義体制の熱烈な信奉者となっていた。とはいえ、彼らと私とはかなり違っていた。年齢も、彼らはみな私よりずっと若かったし[134]、性格も、受けてきた教育も、生まれ育った環境も、ずいぶんと違っていた。

また彼ら同士の間でも、お互いにさまざまであった。だが、それにもかかわらず、私たちは驚くほど気が合った。そう、しっかりと物事を見、聞くために、六対《つい》の目と耳は決して多すぎはしないと私は考えていたが、それぞれに当然違うはずの反応や感想を突き合わせるのにも有益だと思っていたのだ。

この同行者たちとは、よくご存じのように、ジェフ・ラスト、シフラン、ウージェーヌ・ダビ、ピエール・エルバール、ルイ・ギユーである。

この五人の同行者のうち二人はずっと前から共産党に所属しており、きわめて忠実で活動的な党員だった。ロシア語を話せる者は二人いた。さらに、ジェフ・ラストは四度目のソ連訪問だった。ピエール・エルバールは半年以上前からモスクワに住んでおり、向こうでプロパガンダ雑誌の編集長を務めていた。四カ国語で発行される、あの『国際文学』である。そのため、エルバールは向こうの情勢に大変よく通じていた

134　一九三六年、ジッドは六十六歳で、シフランは四十二歳、ジェフ・ラストとダビは三十八歳、ルイ・ギユーは三十七歳、エルバールは三十三歳だった（それぞれの人物については41ページの訳注参照）。

わけだ。そればかりでなく、彼は一種特異な洞察力の持ち主でもあった。私がいろいろなことに気づくのに彼の功績が大きかったことは間違いない。つまり、私一人ではおそらく理解できなかっただろうことをたくさん気づかせてくれたのである。一つ小さな例を挙げよう。

私たちがモスクワに到着した翌日（ピエール・エルバールと私のことだ。エルバールはその前の三日間パリで過ごしており、パリから飛行機で一緒に出発したのである。ソヴィエトの汽船に乗ったほかの仲間たちは十日後にレニングラードに到着する予定だった）、私はブハーリン[135]の訪問を受けた。ブハーリンはその頃まだ圧倒的に支持されていた。何の集会だったか忘れてしまったが、最後に彼が公の場に出たとき、観衆は彼に熱狂的な喝采を送ったものである。しかしながら、すでに凋落《ちょうらく》の兆しはひっそりと表れていたのだ。ピエール・エルバールが自分の雑誌にブハーリンが書いた大変優れた論文を掲載しようとしたところ、強い抵抗にぶつかったというのである。こうしたことは知っておくべきだったが、私がそれを知ったのは後になってからだった。メトロポール・ホテルで私にあてがわれていた壮麗なスイートルームの豪華なサロンに、ブハーリンは一人でやってきた。ところが彼が入ってくるなり、ジャーナリストを名乗る人間が割り込んできて話に加わろうとするので、私たちが話をするのは不可能になってしまったのである。ブハーリンはすぐに立ち上がり、帰ろうとするので、私は戸口まで見送りについていった。またお会いする機会があればよいのですが、と彼は私に言った。

三日後、ゴーリキーの葬式の際に私は再び彼に会った。いや、正確に言えばその前日のことだ。花で覆われた巨大な祭壇に、まだ火葬されていないゴーリキーの遺体が安置されていて、民衆がその前に何時間も行列を作って並んでいた。すぐ隣の小さな部屋では、さまざまな「責任者たち」が控えており、その中には私がまだ会ったことのないディミトロフ[136]がいたので、私は挨拶に行った。そのディミトロフの近くにブハーリンがいて、私が戻ろうとしたときに腕をつかみ、顔を近づけてこうささやいてきた。

135　ニコライ・イヴァノヴィッチ・ブハーリン（一八八八―一九三八）。ソ連の政治家、経済学者。『史的唯物論』（一九二一）などの著作で名声を得た。党中央委員、『プラウダ』編集長などを務め、一九三六年の新憲法の起草にも参加したが、三七年の大粛清で逮捕され、翌三八年に処刑された。

「一時間後にまたメトロポールにうかがってもよろしいですか。話したいことがあるのです」

一緒にいたピエール・エルバールがそれを聞きつけ、小さな声で私に言った。

「賭けてもいいが、彼は来られないよ」

なるほど、ブハーリンが私に近づいたのを見たコリツォフが、すぐに彼を遠くへ連れていった。コリツォフがブハーリンに何を言ったのか知るよしもないが、その後、私がモスクワに滞在している間じゅう、二度とブハーリンの姿を見ることはなかった。

エルバールのこの小さな警告がなければ、私は何も気づかなかっただろう。単に彼の方にその気がなくなったか、関心がなくなったのだろう、ぐらいに思って、結局ブハーリンはそれほど私に会うことには執着していなかったのだと考えたに違いない。彼がそうしたくてもできなかったのだとは想像もしなかっただろう。

レニングラードで、ピエール・エルバールと私は、船から下りてくるギユー、シフラン、ラスト、ダビを出迎え、それから特別に用意された客車でモスクワに戻った。

この同じ特別車両で、私たちは数日後オルジョニキーゼに向かったのである。それからカフカスを横断し、今度は三台の快適な自動車で翌日トビリシに着いた。こうして予定よりも一日遅れでグルジアの首都に入ったわけであるが、そのため、大変親切にはるばる山の中を国境地点まで出迎えに来てくれたグルジアの詩人たちを丸一日待たせることになってしまった。彼らのもてなしの温かさに、今でも私は感じ入っている。そのことをこの機会に言っておきたい。彼らの洗練された礼儀正しさ、行き届いた気配りと思いやりに私がどれほど感激しているか。もしこの本が何かの幸運で彼らのもとに届くことがあれば、ぜひ彼らに知ってもらいたい。彼らがどんなことを聞かされていようと、私は今も彼らに心からの深い感謝の念を抱いているということを。

136　ゲオルギ・ディミトロフ（一八八二―一九四九）。ブルガリアの政治家。一九二三年、ブルガリアの労働者の反ファシズム蜂起に失敗し、ソ連に亡命してコミンテルン執行部委員となった。

II

トビリシを初めて見たとき、私たちはひどく失望したが、やがて日に日に魅力を感じるようになっていった。私たちはそこに二週間滞在した。カヘティに四日間の遠征に出かけたのもそこからである。カヘティは美しく、あらゆる点から見て最も興味深い町の一つだったが、かなり過酷な環境だったため、慣れない旅に疲れ切っていたシフランとギユーは、トビリシに戻ってきたときには、もう十分いろいろなものを見たし、さまざまな感動も味わったから、フランスに帰りたいと宣言したほどだった。137

こうして私たちは残念に思いながらも、二人と別れることになった。彼らとともに旅をするのは楽しかった。けれども、その後、暑さがますます厳しくなっていったので、彼らがそれ以上旅の疲れに耐える必要がなくてよかったと思った。とはいえ、この旅の後半部は、はるかに教えられるところの多い有益なものとなった。私たちは、それまでよりももう少し自由に動けるようになり、向こうの説明に丸め込まれることもなくなった。そうして民衆とより直接的に接触するようになったのである。私たちの目が本当に開いたのは、トビリシからだと言ってよい。

これほど高い気温を記録したのは二十年ぶりだと言う者もあれば、半世紀ぶりだと言う者もあった。それぐらいの酷暑だったのである。けれども、私たちは元気で、弱ってはいなかったので、その三週間後にダビの命を奪うことになる急な病のことなど、まったく予期していなかった。私はここで、ダビの病気についてのさまざまな臆測に対して、怒りを込めて抗議しておく。誤診、というのが一番悪意の少ない人たちの言うことだった。猩紅熱という病気があるが、ソ連では、さまざまなレンサ球菌によって引き起こされる、似たような一連の症状をすべてこの名で呼んでいる可能性がある。ダビの場合、本当の猩紅熱《しょうこうねつ》の初期症状の特徴である――と私は思う――嘔吐《おうと》の発作は見られなかった。パリに戻ってからしばらくして、私はたまたまある医学雑誌で、病気の統計表を見る機会があったが、そこでソ連では「猩紅熱」の発病割合がべらぼうに高いことを知って驚いた。ほかの国と比べて高いだけでなく、ソ連の中でのほかの病気と比べても、突出して高いのである。そのことからも、私は猩紅熱というこの名前は、あの国ではフランスよりももっと柔軟で、いろんなものを含めた用語

137　シフランとギユーは一九三六年七月二十三日にフランスに帰国した。

ではないかと推測している。ただし、そうは言っても（だから診断ミスが起きたということにはならない。誤診はパリでも十分起きうるのだ。私はそういう残念な例を二つ知っている。シャルル＝ルイ・フィリップとジャック・リヴィエールである。二人とも初めはただの風邪だと診断され、腸チフスだとわかったときにはもう手遅れだった）ダビが、セバストポリで最も腕のいい医者三人と、そして同志のボラから——彼女はここでもまた完璧な忠誠の証を見せた——この上なく手厚く、この上なく熱心な治療を受けたことは、私が断言する。

　ダビの「手帳」に関してささやかれている臆測に対しても、私は抗議しなければならない。これらの手帳は、彼の所有物だったほかのすべての紙類と同じように、私の手で家族に返却された。その前にしばらくの間、没収されていたことは事実である。しかし、検閲にひっかかりそうなことは何一つ書かれていなかった。ダビは、きわめて慎重だった。彼は、話すのはすべて私に任せる、と一度ならず私に言っていた[138]。自分の平穏、自分の仕事をかき乱しかねないような議論には首を突っ込まないようひどく気をつけていたのだ。彼はその最後の日々、ほとんどその仕事、つまり自分の小説のことしか考えていなかった。その小説のことを彼は私にずいぶん話してくれたし、自分がそれをどんな小説にしたいと思っているのか今ではもっとよく見えるようになったから、また再開して最後まで完成させるつもりだと言っていた。出発前に彼はすでに百ページほど書いていたが、私が思うに、ほとんどすっかり書き換えてしまうつもりであったようだ。

「戻ったらすぐ取りかかるよ」と彼は私たちに繰り返し言っていた。そしてその気持ちは、本当に強く、譲れないものだったのだろう。その頃、私たちは帰る途中にオデッサとキエフに寄っていこうと話していたのだが、ダビは、もしそんなにぐずぐずしているようなら、自分一人だけですぐに帰ると言い出したほどだったのだ。

138　〔原注〕最後の時期、代わる代わるダビと同室になっていたジェフ・ラストとピエール・エルバールは、私よりもっと頻繁に、もっと親密にダビと話をする機会があったので、そのことをよく知っていた。だからこそ二人は、ピエール・シーズ氏が私を非難したときに、そろって反対の声をあげたのだ。シーズ氏は（それに続いてフリードマンも同じ非難を非常に慇懃《いんぎん》な調子で繰り返したが）、私が『ソヴィエト旅行記』をダビに捧《ささ》げ、その本を「彼のそばで、彼とともに生き、考えたことの反映」だと書いたことを、ダビの名を不当に持ち出す濫用だと非難するのである。

　エルバールの記事の一部を引こう。

「私はフリードマンに――『ソヴィエト旅行記』のウージェーヌ・ダビへの献辞に関する彼のコメントへの返答として――ダビが亡くなる数日前、セバストポリで私が彼と交わした会話の内容をお教えしたいと思う。

　彼は旅行中ずっとソ連の状況を憂う気持ちをジッドと共有し、何度も確認し合っていたが、ジッドがフランスに戻ったら、ソ連へのその心配を包み隠さず表明してしまうのではないかと、そのことをひどく気にしていた。それでも彼は『ジッドならきっとうまく伝えられるだろう。友人として話しているのだとわかってもらえるだろう』と言っていたのである。

　この種の献辞について人が何を思おうと自由だが、ジッドには、そのソ連についての省察に我らが友人ダビの名を結びつける権利がある、いや義務さえある、ということはまったく異論の余地のないことであるように思われる」（『金曜日《ヴァンドルディ》』一九三七年一月二十九日号）

　それからジェフ・ラストのこの手紙を。

　親愛なるフリードマンへ

　あなたの記事の中に次のような一節を読み、私はすっかり驚いています。

「しかしダビは、ジッド以上に、ソ連についてのこの印象記に批判的になり、補足したいと思ったのではあるまいか（彼はソ連での滞在を引き延ばしたいと考えていたし、また戻ってきたいと話していたのだ）。ダビは、ジッドよりも鋭く、あくまで個人の主観的な印象に過ぎないこの旅行記が、単なる印象記を超えて向こう側に滑り込んでしまったことに気づいたのではあるまいか。ダビは果たして、この印象記（これが不十分であることは、黒海で会ったとき、彼自身が私に語ってくれた）にこれほど巨大な政治的響きを与える——それもこのような時期に——ことを受け入れただろうか。

こうした疑問は当然起こりうるものであるし、そうである以上、私はそれを口にしないわけにはいかないのである」

ジェフ・ラスト

これは私にはあまり正しいとは思えません。

トビリシですでにダビは、かなり意表をつく形で、この旅行に興味をなくし始めていました。私は彼と何度も話しましたが、ソヴィエト連邦にこれ以上長くとどまりたいという欲求を示したことも、またここに戻ってきたいという欲求を示したことも一度もありませんでした。それどころか、彼は、旅を延長してキエフを訪問しようという私たちの計画に強硬に反対していました。

彼はすぐにモスクワに戻り、そこから飛行機でパリに帰ることを望んでいたのです。ダビは何度も繰り返し、落ち着いて仕事がしたい、スペインの小さな村でグレコについての作品を仕上げたいと言っていました。ソ連の多くの物事に彼は嫌気がさしていましたのです。私たちもみな同じものを見、残念に思っていましたが、ただそれに対する反応はそれぞれにかなり違っていたのです。ダビはそのことをよくジッドと話し合っていました。けれども彼自身は戦闘的な性格ではありませんでしたから、話すのはジッドに任せていたのです。あえて言わせてもらえば、ジッドが書いた本は、まさにダビが期待していたものであり、ジッドに書くよう要求していたものなのです。

ダビは私と同じく——私たちみんなと同じく——心を奪われるような数々の体験にもかかわらず、多くの物事にひどく心を痛めていた。私たちもそうだったが、彼もまたソ連に来て心躍るようなことだけを見られると期待していたからだ。彼自身も庶民の出であり、心も魂もプロレタリアの側に深く結びついていたものの、戦闘的な気質はほとんど持ち合わせず、ドン・キホーテというよりはむしろその従者サンチョ・パンサにずっと近い人物だった。ダビは、モンテーニュ風の叡智《えいち》を自らに養い、どんな理想よりも命と暮らしの方を大切にしたいと語っていた。どんな理想も命と暮らしを犠牲にする価値はないと主張していた。彼はスペインの政変をひどく気にかけていた。あまりに心配していたので、ほかの人たちが政府側の勝利を一瞬でも疑ったりできるということにさえ我慢ができないぐらいだった。この勝利を彼は望んだり信じたりするだけでは飽き足らず、絶対確実なものとみなす必要を常に抱いていたのだ。けれども、ジェフ・ラストがスペインに向かって出発し（彼が実際にのちにそうしたように）義勇兵に交じって戦闘に参加すると言い出したときには激しく反対したのだった。ある夜、セバストポリで、それは私たちが一緒に過ごした最後の日の前夜だったが、普段あれだけおとなしい彼が本当に激怒しているところを、私は見た。ジェフ・ラストがこんなことを言ったからだ。ファシストの支配に屈するくらいなら、自分の子どもたちが死ぬのを見る方がましだ、と。

「君が今言ったことは、とてつもなく恐ろしいことだ」とダビは叫んだ（彼がそんな声で話すのを見たのは初めてのことだった）。そう言って彼は、私たち三人が夕食を食べ終えたばかりのテーブルを拳《こぶし》で強く叩いたのだ。「恐ろしいことだよ！　一つの思想のためにほかの人たちの命を犠牲にする権利なんて君にはない。君自身の命を犠牲にする権利さえもね。命は何よりも尊いんだよ」

彼はもっと長々としゃべった。突然ものすごく雄弁になった。一方、ジェフもまた雄弁だった。私はただ二人の話を黙って聞いていた。一方が話すときには一方に、他方が話すときには他方に、代わる代わるうなずきながら。いや、正確に言えば、私はジェフとジェフを駆り立てている情熱の方に強い感嘆の念を抱きながらも、とりわけダビの方に、その反抗する良識に、大きくうなずいていたのだ。とりわけ私は、こういう両者がどちらも人類の中に含まれていて、互いに意見を言い合い、一方が他方を中和するのはとてもよいことだと考えていた。けれども、ジェフがダビに反論して「臆病」という言葉を使ったとき、私はすぐに割って入り、その言葉はわれわれの間で使うべきではないと抗議した。戦いに赴くことはたいてい大きな勇気がいることだが、戦わないと宣言することもまた、時にはそれに劣らぬ大きな勇気を必要とするものだと私は反論したのである。

こう書きながら、私はふとジオノとその著作[139]『服従の拒否』を思い出す。ダビはとてもジオノを愛読していたし、いくつかの面で彼に似ていた。二人とも、高い水準でスープの味、〈スープの感覚〉を持っている——持っていた——のだ（同じようにその感覚を持っている者だけがそれが何を表しているか理解できるだろう[140]）。私たちはグルジアでよくジオノのことを話したものだ。この肥沃《ひよく》な野生の土地を見たら、あの作家ならきっと喜んだに違いないと思ったからである。そしてまた、ジオノなら時々ずいぶん苦しんだに違いないとも考えた。〈スープの感覚〉が失われつつある場所ならどこででも、彼はきっと苦しむだろうから。

ダビが文字どおりこの旅行に興味をなくしたということではない。だが結局のところ、私たちほどには旅行にのめり込んでいなかった、身を入れていなかったのである。彼はだんだんと自分の中に引きこもることが多くなっていった。本を読んだり、書き物をしたりということに没頭し、あるいはとりとめのないおしゃべりに興じたりしていた。[141]彼は当時、私が持ってきていたモンゴー訳のゴーゴリの小説『死せる魂』を読んでいたが、時々その中の嘆賞すべき一節を読み上げて、私に聞かせてくれたりした。とりわけ、その第二巻の巻頭に掲げられているゴーゴリの「四つの手紙」の中の数行

139　ジャン・ジオノ（一八九五―一九七〇）。フランスの小説家。終生南フランスに暮らし、プロヴァンス地方を舞台に田園生活を描いた。『服従の拒否』で平和主義の立場をとった。代表作に『気晴らしのない王様』『木を植えた男』など。

140　〔原注〕「彼らはみんな嘘つきだ。嘘ばかりだ」とXはトビリシで私たちに言った。「彼ら」とはソヴィエトの指導者たちのことだ。それを聞いていたのは私とエルバールだけだった。「彼らは本当の現実との接触を完全に失ってしまった。みんな口先だけの空論家ばかりで、抽象論の中に落ち込んでしまっている」。彼の声は興奮で震えていた。そして最後に「彼らはスープの感覚を失ってしまったのだ」というフレーズを口にしたのである。私は最初それにあまり注目しなかったが、エルバールはこのフレーズが素晴らしいと思ったので（そして実際それは素晴らしかった）、あとになって私に思い出させ、よく引用したのである。

141　〔原注〕「私のうちに、なんと深い孤独と沈黙への欲望があることか！」と彼は死の数日前の日記に書き記している。

は素晴らしいもので、私も『ソヴィエト旅行記』の中で引用している。[142] それからほかにこんな一節も愛誦していた。それを読むと、よく言われるように、皇帝たちの時代には民衆のためのものはほとんど何一つ——少なくとも自慢できるようなものは何一つ——なかったというのは本当だろうか、とつい疑ってしまうほどである。

「ピョートル一世がヨーロッパ文化をもたらして私たちの蒙《もう》を啓《ひら》き、あらゆる行動の手段を私たちの手に持たせてくれたときから百五十年近くが過ぎた……」

このとき以来「政府はたゆまず行動し続けている。何巻にも及ぶ規則や政令、法律がそれを証明している。さまざまな建造物や多くの刊行された書物、教育や慈善、寄付などありとあらゆる分野の団体の創設がそれを証明している。外国政府の制度には、見ることのできないわが国特有の種々の制度は言うに及ばずである」。

この国の大法螺《ブラフ》は今に始まったことではないというのがよくわかる。

142 『ソヴィエト旅行記』75ページ注34参照。

旅の手帳から

いつも愛想のいいコリツォフが今日も盛んに打ち明け話をしてくれる。私に言っても差し支えないと思うことしか言わないのはよくわかっている。けれども、いかにも私を信頼して打ち明けるといった体《てい》で話すので、こちらもおだてられて気持ちよくなってしまうのである。その彼が、あなただからお話しするのですよ、という例の調子でこんなことを言い始める。

「おそらくご想像もつかないと思うのですがね、一歩ごとに私たちの前にそれはもう思いもよらない新しい問題が持ち上がってくるのですよ。それに対して私たちは毎回新しい解決法を考えねばならんというわけです。今はなんと一番優秀な労働者たち、スタハーノフ的労働者たちが大挙して工場を去っていく現象が起きているのです」

「ほう、それはまたどうして」

「ああ！　単純なことです。彼らは莫大な給料をもらいますからね。そのお金を使おうと思っても使い切れないのです。だって、まだ市場には買うべき商品がほとんどないのですから。それがまた私たちにとってはとても深刻な懸案事項なのですが。ともかく、そんなわけで彼らは貯金をします。そして何千ルーブルか貯《た》まったら、徒党を組んでわれらがリヴィエラ[143]に行き、悠々自適の暮らしを送るというわけです。私たちには彼らを引き留めることはできません。彼らは一番優秀な労働者たちですから、いつでもまた雇ってもらえるとわかっています。戻ってくるのは一カ月先か、二カ月先か、要するにお金が底をついたときです。それでもまた彼らを雇わなければならない。彼らなしではやっていけないのですから」

「それだとずいぶん困るでしょうね。そういう人たちは多いのですか」

「何千人といますね。もちろん労働者にはみな有給休暇の権利があります。ただ、そういう休暇は時期を考えて適当なときに与えられるのであって、全部一度にというわけにはいきません。当たり前ですが、工場の仕事に支障を来《きた》しますからね。ところが、今話しているのは、それとはまったく違う話です。この場合は、彼ら自身のお金を使って、彼らの好きなようにとる休暇のことですからね。自分たちの望むときに、全員一斉にとるのです」

143　南仏、地中海沿岸のリゾート地の地名だが、ここでは南ロシアの保養地の意。

そう言いながら、彼は穏やかに笑っていた。私は口に出して言うのは控えたが、心の中ではこう思っていた。もしこれが本当に困ったことなら、彼はこんなふうに話したりしないだろう、このすぐ後にまたスターリンがどんなうまい手を考えたかという話をして、それを引き立たせるために違いないと。女性がけばけばしく着飾ったり、アクセサリーをつけたりするのをまた奨励し、流行《はや》らせることを考え出したのもスターリンだったのだから。[144]

「さあ、同志たちよ、諸君らの貴婦人たちに手をかけてやりたまえ！　彼女らを華やかに着飾ってやりたまえ！　彼女らのためにお金を惜しみなく使いたまえ」

ここ最近新しい店が次々と開いているが、ソ連に来て少なからず仰天したことの一つが、「マニキュア」サロンの多さと、町じゅういたるところで（おもに海辺の遊覧地でだったことは言うまでもないが）爪を赤く塗って厚化粧をした女性たちに出会うことであった。

*

「月においくら貰《もら》っていらっしゃるの」とH女史がXホテルにある「ビューティー・

サロン」の女性従業員に尋ねる。

「百五十ルーブルです」

「住み込み？」

「いいえ。食事もついていません。部屋代には少なくとも二十ルーブルはかかります」

「そうすると百三十ルーブルしか残らないことになるわね。それで食費の方は？」

「それがどうしたって二百ルーブルはかかるんです！」

「じゃあ、どうなさっているの」

「ええ、それなんですよ！　奥さん……」悲しげな笑みを浮かべて、彼女は答える。

144　（原注）一九三六年十二月三十一日付の『プラウダ』には、コルホーズで働く女性たちからの服装事情に関する投書が掲載されている。そこにはこんなことが書いてある。
「私たちだってエレガントに着飾ろうと思えばできます。だって私たちにはセンスもあるし、流行も知っているのですから」

「私自身はもう釣鐘スカートも飛行機ブラウスも好きではありません。でも今でもそれを身につけているのは新しいモデルがないからです。私たちお金ならあるんです」

「何とかやっています」

＊

ジェフはセバストポリである男子学生と親しくなった。これといって目立つところのない学生だったが、それだけにいっそう、つまり、ほかの多くの学生とまったく変わりがないというまさにそのゆえに、ジェフには興味深かったのである。その学生を通してジェフは情報を得、それをまた私たちに教えてくれた。

この学生Xは熱烈な体制賛美者である。信頼と希望に満ちている。大学一年生として月に六十ルーブル支給されている。来年は七十ルーブルになると考えてそれを楽しみにしている。第三学年では八十ルーブルだという。学生寮に入ろうと思えば入れるが――そこでは食事も一ルーブルか二ルーブルでとれる――年老いた母のもとを離れたくはない。母は資格を持たない料理女として働いていて、月に九十ルーブル稼いでいる。二人で一つの部屋に住み、家賃として月十ルーブル払う。食事はほとんどもっぱら黒パンのみである。それもお腹いっぱい食べられるというわけではない（一日につき四百グラム）。それでも、これは「完全食」だと彼は言い、一言も不満を口にしない。一間《ひとま》しかない家にすでに二人で住みながら、できれば恋人を連れてきて一緒に住みたいと思っている。母親も彼女にそうするよう勧めており、二人が結婚するのを望んでいる。だが中絶を禁止する新しい法律ができたために、彼は二の足を踏んでいる。

「考えてみてください。今だってもう生活がこんなに大変なんです。この上子どもまで養わなければならないとなったら……。ええ、おっしゃりたいことはわかっていますよ。でもコンドームは手に入らないし、あったとしても質が悪くてとても信用できません。それ以外の避妊手段も、今住んでいるような状況では、簡単にはできないんです」

そう言った後で、すぐにまた生来の楽観主義を取り戻し、こんなに栄養状態も悪いのだから、禁欲するに越したことはありませんよ、と明るく言って締めくくる。

かの地のとある医師の言を信ずるならば、ソ連は自慰行為が最も広く行われている国だという。

＊

新しい建築物がいくつか検討されている。建築家のNがアパートの設計図を提出する。

「この空間は何ですか」

「女中部屋です」

「女中？　女中なんてもういないことはよくご存じでしょう」

確かに、表向きは、もう女中はいないことになっている。それをいいことに、女中は廊下や台所、あるいはどこかその辺に寝かされる羽目になっているのである。

女中のための部屋を用意しておこうなどというのは、なんとも勇気のいる告白になってしまうのだ！　ソ連では、それでも使用人は存在するのだが、使用人たちにとっては本当に気の毒なことだ。

モスクワに月給五十ルーブルで女中として働きに来るのはほとんどみな貧しい娘たちである。都会に行けば工場かどこかで仕事が見つかるのではないかと期待して、生まれ故郷の村から上京してきたのだ。彼女らはそういう仕事が見つかるまでの間、女中として雇われて食いつないでいる。いわば列を作っているわけである。私の友人H家と同じ階に住む隣家の女中は妊娠している。その一家はたいそうかわいそうに思ってその女中を雇ったのである。彼女は手足も満足に伸ばせない物置部屋で寝ている。

さらに問題は食べ物であるが……。

彼女は私の友人の家に懇願しに来た。

「奥様、残り物をお捨てにならないでいただけますか」

そしてゴミ箱から食べ残しを拾っていくのである。

＊

もちろん私だって、ああいう当局の公式発表や捏造《ねつぞう》された世論が、国民一人一人を内心から同意させているとは主張しない。いくつかの名前、特にエセーニン[145]の名は、

145　セルゲイ・エセーニン（一八九五—一九二五）。ロシアの抒情詩人。その作品はロシア革命当時、非常に人気が高かったが、スターリン時代には禁書とされていた。

もう声をひそめてしか口にされないが、それでも口にされることはされるのだから。いやむしろ、今でもよく引き合いに出されるが、その際には小声でひそひそと話すのだ、と言うべきかもしれない。私はエセーニンの詩をよく知らないが、これからお話しする小さな冒険のおかげで、この詩人の作品を読みたいという思いがとても強くなった。エセーニンはマヤコフスキーと同じく、自ら命を断っている。女の問題が原因だと言われている。そうかもしれない。だが、その自殺にもっと深い理由があるのではないかと想像するのは、われわれの自由である。

ソチでの、ある夜のこと。おいしい食事をごちそうになったあとで、私たちはさまざまな打ち明け話をしていた。ワインやウオツカをたくさん飲んでいたせいもあるだろう。特に、Xは底なしに飲んでおり、抒情的な気分になっていた。私たちのガイドを務めてくれていた女性は、やや心配そうだった。Xが余計なことをしゃべりかねなかったからである。不安は的中し、Xは私たちにエセーニンの詩を朗誦《ろうしょう》したいと高らかに告げたのだった。すかさずガイドが割って入った。

「もうすっかり酔っ払っていますね。自分で何を言っているかもわからなくなっているのでしょう。もうお黙りになっては……」

するとXは酔っ払ってはいてもちゃんと意識があり、自制心も働いていたのか、しばらく黙った。それから少し経《た》つと、酔いに紛らわせて、ガイドにタバコを一箱買ってきてくれないかと頼んだ。そしてガイドが席を立つと、すぐにエセーニンの素晴らしい詩を朗誦し始めたのである。その詩は、この詩人の作品に〈出版許可〉が下りなくなってからずっと、人々の口から口へと伝えられてきたものだった。エセーニンは、自分を中傷する記事への反論として、その詩を書いたのである。

その記事の筆者に向けて、エセーニンはおおよそこんなことを言っていた。お前が坊主たちに反抗して立ち上がるとき、俺たちはお前を応援する。お前が天国と地獄を、聖母と神を嘲《あざけ》るとき、俺たちはお前の仲間だ。だがキリストの話をするときは気をつけろ。いいか忘れるな。人間のために命を捧《ささ》げた〈この人〉は、決してこの世の偉い連中の仲間なんかではなかった。恵まれない者たち、貧しい者たちの仲間だったのだ。そして、〈神の息子〉と呼ばれるよりは〈人間の息子〉と呼ばれることを喜び、そう呼ばれることに最大の栄誉を見いだしていたのだ。

Xの声が震えていたのは、あながち酔っていたせいだけではなかっただろう。これらの詩行を朗誦しているときも、そして朗誦を終えたときも、彼の顔は涙でぐしょぐしょに濡《ぬ》れていた。それまでは宴の間じゅう、私たちは馬鹿な話や、くだらないおしゃべりしかしていなかった。それなのに……。これを書きながら、Xに迷惑をかけるような気がしている。そして私たち自身にも……。それまで、Xは少しずつ私たちを高揚させていた。彼が語る中国での波乱に満ちた冒険、何度も捕まり、そのたびに脱走したという冒険譚に、私たちはわくわくして聴き入っていた。彼の容貌は美しいとは言えなかったが、一種の獰猛《どうもう》な才能がその表情を生き生きとさせていた。そのしわがれて熱っぽい声が、エセーニンの詩を私たちに朗誦してくれたときだけは、えもいわれぬ優しさを帯びたのである。その優しさは、それまでの彼の反社会的で荒々しい言葉とは、驚くほど奇妙な対照をなしていた。自分のうちにある密かな優しさの領域を、図らずも彼は見せてしまっていたのだ。まだ開拓されていないある地帯がそっくり、不意に私にとって最もリアルなものに感じられ、そのほかのものはすべて、反社会性も荒々しさも、私にはもはや作り物の覆い、彼のうちにある最も優れたものを守るための盾にしか見えなくなった。けれども、そういう不躾《ぶしつけ》なイメージを私が垣《かい》間見《まみ》たのは、一瞬のことだった。ガイドの女性が戻ってきて、すぐに私たちの会話はまた先ほどまでの騒々しくてくだらない調子に戻ったのである。[146]

＊

同志のH女史は私に語ってくれた。硬い客車の椅子に向かい合わせに座って、七時間も過ぎた頃になってようやく、その若いロシア人の男性は、私にいろいろと話してくれるようになったのです。私は一緒に乗り合わせた最初からその男性に目を引かれ、共感を覚えていたのですが。

「三十歳は超えていなかったと思います。でも、もう人生に心底疲れ切ったような感じがしていました。何を聞いてもぼんやりとした返事しか返ってこないので、それ以上の答えを引き出すまでに、どれだけ苦労したか！　私は外国人だから、と何度も彼に言ったんです。私のことは怖がらなくても大丈夫、あなたの話したことは誰にも報

146 〔原注〕私はロシア語の読める友人数人にエセーニンのこの詩を探してくれるよう頼んだ。私の引用はとても不正確に違いないからだ。しかし友人たちは見つけることができなかった。そのため私は、もしかしたら当局による最近の公式版からはこれらの詩行は削除されているのかもしれないと疑っている。これは調べればわかるだろう。また、聞くところによると、エセーニンのものとされる偽作の詩が大量に出回っているそうである。

告したりしないからと……。彼の奥さんも一緒でした。それから三歳の息子さんも。ほかに二人の子どもをXに残してきている、と教えてくれました。経済的な事情もあるし、モスクワで仕事が見つかるかどうかわからないからです。

奥さんはきれいな人だったに違いありません。ただ、病み上がりのようでした。私がびっくりしたのは、子どもに何度もお乳をあげていたことです。子どもはとっくに乳離れしているはずなのに。おっぱいは空っぽの革袋のように垂れ下がっていたし、果たしてそこから吸えるものがあったかどうか……。それでも、列車に乗っている間、子どもにはほかの食べ物はないのです。両親の方こそ二人とも子ども以上に飢えているように見えました。男の人がようやく話し始めたとき、若い奥さんはものすごく不安そうな様子を見せました。キョロキョロとあっちを見たりこっちを見たり、誰か近くの人に聞かれはしないかというように。でも私たちのコンパートメントには、ほかに酔っ払って眠ってしまった老人と頭の鈍い百姓女がいるだけでした。奥さんはまるで言い訳するように、こう言いました。

『この人ったらいつも余計なことを言うんです。おかげで私たち苦労してばかりで……』

それから男の人は私に身の上話をしてくれました。キーロフの暗殺［一九三四年十二月一日］までは何もかもうまくいっていた。ところがしばらくして、どんな密告があったかわからないが、とにかく周りから疑われる身となってしまった。自分は腕のいい労働者だし、何も非難されるようなことはないから、働いている工場からすぐに解雇されるようなことはなかったけれども、だんだんと同志や友人たちが離れていくようになった。みんな自分と話すことで変なことに巻き込まれるのを恐れていた。とうとう工場長に呼ばれ、やめさせるとははっきり言わないものの――やめさせる理由はまったくないのだから――ほかのところに行って仕事を探したらどうかと助言された。その日から、自分は工場から工場、町から町へと渡り歩き、ますます疑われ、付け狙われるようになった。どこへ行っても警戒され、拒否されて追い出される。味方になってくれる人も助けてくれる人もまったくいない。子どもたちにも何にもしてやれないし、極貧生活に追い込まれている。

『もうかれこれ一年以上になります』と奥さんが言葉を添えました。『もう限界です。ここ一年以上、どこへ行っても、私たちを二週間とは置いてくれないんです』

『せめて自分が何の罪に問われているのか、それぐらいわかればいいのですが』と男の人が続けます。『誰かが私のことを悪く言ったに違いありません。でも誰だかわからないんです。その人が一体何を言ったのかもわからない。私にわかっているのは一つだけ。私には何にも非難されるようなことなどないということです』

だから彼はモスクワに行く決心をしたのだと教えてくれました。当局に問い合わせ、できれば汚名を雪《そそ》ぐか、さもなくば、いわれのない疑惑に抗議して完全に破滅しきってしまうつもりだ、と言うのです」

＊

八十カペイカ、あるいは六十カペイカという安いタバコが売られている「カペイカは百分の一ルーブル」。俗に「プロレタリアたばこ」と呼ばれるもので、ひどい味がする。私たちが吸っている「パピロス」は、外国人が吸う唯一のもので（「観光客用」と名付けられているものもある）、二十本入り一箱が五ルーブルか六ルーブルもする。もっと高いのもある。

どこにタバコ屋があるかわからなかったので（数時間滞在したゴリでのことだ）、ピエール・エルバールが、川べりで言葉を交わした労働者に、おしゃべりのついでにパピロスを一箱買ってきてくれるよう頼んだ。

「いくらの？」

「五ルーブルのを」

労働者は上機嫌で、笑いながらこう言った。

「俺たちの一日分の給料だわな」

*

X夫人は、とある「責任者」（向こうでは当局の指導者たちのことをこう呼ぶ）とともにモスクワ近郊の田園地帯を回った。この「責任者」は、行く先々で出会う労働者たちの誰とでもたいへん親しそうにする。「彼らにはみな私と対等の立場だと感じてほしいのですよ。だから、同志や兄弟に接するように話しかけますし、向こうもまったく怖がらずに私と話してくれます」

そのときちょうど土木作業員に出会った。たった今話したことを裏付けるように、責任者はこう声をかけた。

「やあ、調子はどうです。満足していますか」

するとと、作業員は、

「同志、一つうかがってもよろしいでしょうか」

「どうぞどうぞ。なんなりとお聞きください」

「あなたは物知りな偉い方ですから、きっと教えてくださると思うのですが、一体いつになったら俺たちは、無理をしないで自分たちの力に応じて働けて、ひもじい思いをせずに食べられるようになるのでしょうか」

「それで責任者は何と答えたんだい」と、これは私がX夫人に尋ねた。

「党の綱領《ドクトリン》の講義を一席ぶちましたよ」

*

自動車でバトゥミへ。案内してくれる人たちが、道の両側に並ぶ最近植えられた木々を口々に褒めそやす。数年後にはこの木々が道に日陰を作ってくれるようになるでしょう。どうして私は彼らに言ってやらなかったのだろう。これらの木々は一本残らず枯れていると。おそらく時期をかまわず植えてしまったのだろう。つまり植え替えには適さない季節に、ということである。思うに、上からの命令に口答えは許されず、言われるがままに従うしかなかったのに違いない。この国では自然の摂理の方が無理に従わせられるのだ。木であろうと、人間であろうと。

＊

ここ（スフミ）では、ヴォロノフ移植[147]やほかのさまざまな実験のために大量の猿が飼育されている。この猿たちがどこから来ているのか、私は知りたいと思った。だが、植民地のコンゴに行ったときもそうだったが、ここでは矛盾し合うさまざまな情報が錯綜《さくそう》しているのである。大勢の人がむしろ漠然とした不確定さや大量の情報の渦の中に飲み込まれることを面白がっているふしさえある。特に私たちの通訳とガイドを務めてくれた魅力的な同志の女性がそうだった。第一、彼女は何に対しても動じること

147　ロシア出身でフランスに帰化した外科医セルジュ・ヴォロノフ（一八六六―一九五一）は、一九二〇―三〇年代、猿の睾丸《こうがん》の組織を人間の睾丸に移植するという「若返り」手術を行っていた。四〇年代になってその効果は科学的に否定されたが、睾丸から分泌されるホルモンのテストステロンが若返りに影響を与えるという理論に立脚しており、当時ヴォロノフ医師は国際的に名を知られる科学者として、ペテルスブルクやパリの研究所で実験を率いていた。

なく、あらゆることに答えを返すのである。知らなければ知らないほど、なおいっそう彼女は堂々と答えるのだ。彼女は自分が無知だとは知らずに無知なのである。そのために、私は次のことを痛いほど理解した。自らを無知だと知らない無知は何でもよく断言すると。こうした人々の精神は、あやふやなおおよそのものとか、誤った情報、模造品などによって織り上げられているのだ。

「ここで育てている猿がどこの国から来たものかわかりますか」

「もちろんです。お安い御用ですわ」

(そして彼女は私たちの案内をしてくれている人に尋ねる)

「大部分の猿はここで生まれています。はい、ほとんどすべてここで生まれているのです」

「でも、この国にはもともと猿はいませんでしたよね。そう聞いています。だから最初はまずどこからか連れてきたのだと思うのですが」

「もちろんです」

「ではどこから連れてきたのですか」

するといと今度はほかの人に聞くこともなく、彼女は即座に絶対の自信をもって答える。

「いろんなところからですわ」

大変魅力的な私たちのガイドは、すこぶる親切で献身的である。けれども、少々うんざりさせられてしまうことも事実なのだ。彼女が私たちに与えてくれる情報は、明確であるときほど必ず間違っているからである。

＊

パリに帰ってから

「あの国の高官たちがそんなに特権に恵まれているって、一体どこを見てそう思ったんだい」。目を輝かせてあの国から帰ってきた人のよいCが私に聞く。「僕はKとよく付き合ったがね、とても親切だし質素だったよ。アパルトマンを見せてもらったけど、豪華でも贅沢《ぜいたく》でもなかった。紹介してくれた奥さんもとても魅力的で、彼と同じく質素だったし……」

「どの奥さんだい」

「どのって、奥さんだよ、だから……」

「ああ！　そうか。正妻だね。彼には奥さんが三人いるのを知らないのかい。ほかにアパルトマンを二つ持っているし、それから保養地に逗留《とうりゅう》するにも便宜がある。車も三台あるけど君は一番質素なやつしか見なかったんだろう。普段の用事に使うやつだ……」

「そんなまさか」

「まさかじゃないさ。事実だよ」

「だって、そんなことをどうして党が許しているんだい。スターリンが許すはずが……」

「君もとことんお人よしだね。スターリンが恐れるのは、純粋な人たち、私腹を肥やしていない痩せた人たちさ」

手紙と証言

A・デニエ博士[148]からの手紙

一九三六年十二月四日、ラ・トゥール・デュ・パン（イゼール県）

拝啓

私はゴーリキーの葬式の日、モスクワにおりました。あなたの演説を聞きまして、大変心が痛みました。と申しますのも、あなたが誠実な方だということを知っておりましたし、あなたのソ連滞在がただ騙《だま》されるだけの長い欺瞞《ぎまん》の旅になるのではないかと恐れていたからです。ですが、先ほど『ソヴィエト旅行記』を読み、安堵《あんど》いたしました。私は生物物理学の研究のためにロシアに行きました。私は、当局の介入も通訳

148　アンドレ・デニエ（一八九六―一九七九）。フランスの医師。放射線治療の発展に尽力したことで知られる。一九三六年、研究のためソ連に一カ月滞在した。Denier（ドゥニエ）の表記も見られるが、ここではプレイヤード版に従ってDénier（デニエ）とした。

もなしに、同僚たちと自由に過ごしました。そして彼らと心と心の交流をし、苦しんだのです。あなたはその気持ちを見事に表してくれました――非順応主義《ノン・コンフォルミスム》はあの国の生活からは排除されていると。私の同僚のしっかりとした人たちはみな、考えることも書くこともすべて自分のうちに閉じ込めています。しぐさにさえ表さないよう気をつけなければなりません。自由な思想を持つ私の友人たち、その中には臨床医も有名な教授もいましたが、彼らは二つの人格を持たざるを得ないのです。一つは外向けの人格、周りから見られ、外に向かって話し、表現する人格。そしてもう一つの人格は、きわめて深いところに秘められていて、長い時間、親密な付き合いをしてからでないと見せてくれないのです。

敬具

A・デニエ

一九三六年十月に医学部で行われた研究報告の抜粋[149]

ソ連ではどういう人が医者になれるのでしょうか。一日の仕事を終えた後、学校に通う労働者たち、あるいは月に百十ルーブルの支給を受ける学生たちです。彼らは十人から十五人ずつ大部屋で共同生活を送っています。

支給される金額は試験の結果によって増えたり減ったりします。医科大学を出ると、彼らは医者の足りない地方に送られ、そこにいる補助医師か看護師に代わって医師として勤務します。現在およそ十万人の医師がいますが、四十万人必要だそうです。

二年前まで、医師は月に百十ルーブル支給されていましたが、これはあまりにも不十分な額だったので、もっと実入りのいい技術労働者になる医師もいました。医師の募集は困難で、応募者は女性が大半を占めていました。そこでようやく当局は、医師は国の計画において何も生み出さないが、しかし国家にとって必要なものであるということに気づいたのです。給与を四百ルーブルに引き上げ、それから、補助医師レベルであった教育と研究のレベルをもっと高度なものにしたのです。

149　この講演は一九三六年十月十日、パリ大学医学部で「一九三六年のソ連における電気放射線学」というタイトルでアンドレ・デニエによって行われたもの。ジッドはその一部を飛び飛びに引用している。

［…］一九三〇年、三一年、三二年、三三年に卒業した医師は全員、不十分な知識しか持っていません。そのため、半年間医科大学に戻り、追加の講義を受けなければなりません。

［…］この労働時間はよさそうに見えるかもしれません。しかし私が今述べたのは、あくまで建前上のことに過ぎません。実際には六時間働く者はまれです。ふつう、給料は四百ルーブルしかなく、これは暮らしていくには不十分な額なので、医師は二つか三つの職場をかけもちして八百から千二百ルーブルの収入を得ようとします。ルーブルの購買力を考慮すると、それぐらいは必要だからです。ごく普通の服が八百ルーブルもします。上等の靴は二百から三百ルーブル。パン一キロは一ルーブル九十。一メートルの布地が百ルーブル。おまけに、一九三六年までは給料の一カ月分は強制的に国債を買わされることになっていました。医師とその家族は部屋が一つしかないアパートに住み、その一部屋が、食堂、寝室、書斎、台所、等々を兼ねるのですが、その家賃が月五十ルーブルかかります。子どもがいない場合は、まだましだと言わねばなりません。

わが同僚たる医師たちにとって、こうした物質的な条件も辛《つら》いものですが、しかし最も耐え難いのは、精神的な面での締め付けです。アパートの管理人はGPU《ゲーペーウー》［政治警察］のメンバーであり、常にその目を気にしなければなりません。病院の協力者にも何でも考えていることを自由に言うことができません。戦争中わが国に貼られていたビラのスローガン「口を閉ざせ、気をつけろ、敵が聞き耳を立てている」が、あの国では紛れもない現実なのです。

［…］科学アカデミーのメンバーである、とある同僚は二年間監獄に入れられていました。われわれ外国人には病気だと説明されていました。また別のもう一人は、共産主義の理論と合致しない科学的意見を表明したために、そのポストと研究室を奪われ、さらに強制収容所送りを免れるために、ガリレオさながら、それを撤回する公開書簡を書かされることになりました。また、私が会うことになっていた、自由な考えを持つある同僚に会えないこともありました。私の電報は、私が行った一カ月後にようやく届いたと言うのです。私が彼に会いに行ったときには、不在だと言われました。実際にはいたのですが。

一九三六年十一月二十九日、パリ

拝啓

ソチであなたをお見かけしたとき、私はあなたが騙されているのではないか、党派的な精神――これは進歩に対する最も恐ろしい敵です――のゆえに、あなたがこの新しい国家を称賛するのではないかと、それはそれは恐れていたものですから、『ソヴィエト旅行記』を読んで、本当に嬉《うれ》しい気持ちになりました。

私はロシア語をよく知っており、あなたが見聞きしたものを、私もこの目で見、この耳で聞きましたから、あなたのご報告に深く同意いたします。そしてそれを勇気をもって発表してくださったことに感謝いたします。

ささやかなお礼のしるしとして、私が向こうで書き留めた覚書をお送りすることをお許しください。

どうかわれらのフランスが、その新しい道のりを、バランス感覚と叡智《えいち》をもって切り開いていけますように。

X……

三度目となるロシア滞在から帰国。今回の滞在は三年ぶり。

根底からの急激な変化についていけず、新体制は初め、芸術や文化、感受性を停滞させた。

まさに蛮族の襲撃の現代的な形態である。

革命から二十年経《た》つが、今も変わらず二等と三等の客車は存在する。最も新しく建造されたロシアの大型客船では、乗客の割合は、三等が七五%、二等が二〇%、一等が五%である。食料品も服もホテルも同様である。支払えるお金のある者が一番よいものを利用する。

労働者は六日につき五日の割合で、四十時間働く。一年に五日の祝日があり、公式には、同じく四十時間働くフランスの労働者より四百時間多く働いている。しかし給料があまりにも安いので、彼らは一日の働きの代わりに一日半ないし二日働くということを頻繁にする。つまり、二つの場所をかけもちして、十二時間から十六時間働くのである。

一個当たりいくらの歩合制の仕事は、かつてないほど盛んに行われている。同僚工員よりもたくさん稼げる者は、その者ほど熟練していない同僚から羨《うらや》ましがられる。

仕事がないときには労働者は職がなく、給料もない。国家はそのことにこれっぽっちも同情などしない。仕事があるときにだけ国家はそれを労働者に与え、労働者はその仕事を素早くうまくやらねばならない。仕事がなくなってしまうと、国家は労働者を放っておくので、労働者は飢え死にしないよう、何かほかの仕事を自分で探して切り抜けねばならない。

さもしい根性や妬み根性は、どこにでも同じように残っている。熱心で優秀な「突撃労働者《ウダールニク》」と呼ばれる労働者は、ほかの同僚たちよりも多く稼ぐようになり、有給休暇も二週間のところ一カ月に達する。

努力はだいたいにおいてちゃんと支持され、報われてもいるが、えこひいきが完全になくなったわけではない。さらに、目立たず慎ましい多くの美点や長所は、中央の視界からは遠ざけられ、まったく知られないままにとどまっている。

狡猾《こうかつ》で野心的な、非常に頭のよい、あるいはコネのある人たちは極端に恵まれた状況に身を置くことに成功している。給料は月額百五十から五千ルーブルまで幅がある。ものすごく少ない人もいれば、ものすごく多い人もいる。

二十五年間肉体労働に従事していた労働者が、六十五歳になってもらう年金はわずかに月額三十七ルーブルである。

貯金をしなかった、あるいはできなかった人たちで、自分の子どもの世話になることも嫌う人たちは働き続けなければならない。これが数としては一番多い。

国家の再建期には、ちょうどわが国の戦後の復興期に似たような活気が生まれた。しかし活気と言っても、とりわけロシアにおいては、必ずしも心地よさや豊かさを意味しない。

残業はどこででも行われている。というのも、物の値段が信じられないほど高くて、そうしないととても食べていけないからだ。

仕事のチームのリーダーや副リーダーは、ある定められた時間にこれこれの仕事をするよう命令を受ける。もし彼らの部下の労働者や従業員たちが十分に努力しなかった場合、彼ら自身が余分の仕事をしなければならず、場合によっては十八時間労働に至ることもある。なぜなら、部下の管理と仕事の成果の責任は、彼らにあるからだ。

これはなかなか簡単ではなく、彼らの立場は、中央権力と労働者の怠慢の板挟みになって、時に大変難しいものになる。

三回警告を受けると、どんな労働者でも即日解雇されることがある。補償金も事前通告も必要とされない。

私が訪れたある工場では、九月一日以降、決められた個数の生産に達しない者は全員有無を言わせず解雇する、と労働者たちに警告する垂れ幕がかかっていた。リーダーや副リーダーは超過勤務をしても残業代は一切受け取れない。ただし休暇が二倍になったり、奨励金のようなボーナスを受け取ることはあり得る。そうしたことは割とよく行われるが、しかし、国家にとって義務ではなく、あくまで気まぐれなものでしかない。

税逃れができないように税金は直接給料から天引きされるが、財政が苦しくなると国は税金を引き上げるか、もしくは税金と同じように天引きの形で強制的に国債を買わせる。

一般支出をまかなうために、国は商品の値段を引き上げる。ごく普通の絹一メートルが百六十五フランもする。しかし、こうやって金をため込み、かつ浪費する横暴な商売人である国家に対して、あえて文句を言う勇気のある者は誰もいない。

［一九三六年］八月八日、ファシズムに対するスペインの戦いを支援するために、全労働者の給料から一律に天引きがなされるという政令が発せられた。それは国家の権利なのであるという。誰も文句を言うことはできないし、個人の予算に穴があこうがどうでもよいのだ。

その代わりに、国は学校を作ったり、工場を作ったりする。病院を作ったり、育児センターを作ったりする。サナトリウムや、外観だけは立派な休息の家を作ったりする。休息の家というのは労働者たちが休暇を過ごすための施設だが、そこに来てもみな大部屋で過ごすことになる。国は、死刑や流刑の適用によって、窃盗やその他の犯罪を厳しく罰している。道徳心を高めることに熱心であり、出産を奨励し、あらゆるところで売春を禁止している。かつてなかったほどの割合で教育を普及させ、今では、ロシアの人口の八〇％が靴を履いている。かつて帝政《ツァーリ》時代のロシアでは八〇％が裸足《はだし》で出歩いていたというのに。

しかしながら、報道の自由は完全に排棄されている。一般の人々の権利を侵害するような犯罪については、まったく報道されない。それに対して、政治的犯罪の裁判の報道が、何日も何日も紙面を占めることがある。そうやって世論が見事に作り上げられていくのである。ソヴィエトの偉大な人々、パイロットや科学者や政治家の功績が、とても小さなものであるにもかかわらず何週間にもわたって紙面を占めることがある。これは一種の催眠術であり、スターリンは彼らの神なのである。

大衆が得た利益は、一九一七年のあの血みどろの労働を贖《あがな》うのに十分なほど大きいのだろうか。実際に巨大な進歩が実現され、いたるところで素晴らしい努力が見られるとしても、その結果として、真の水平化がどれほど達成されただろうか。

いたるところですでに、古い格差に取って代わって、さまざまな新しい格差が生まれている。一つの波が次の波に取って代わられるのと同じぐらい確実に、その交代は休みなく次々と行われていくだろう。

かつての社会的階層がそっくりそのまま再び現れるまで、十年もかかるまいと思う。

一九三六年十二月二日

ジッド様

先ほど『ソヴィエト旅行記』を読み終えました。私があの国から帰ってきたのは一九三四年十二月、キーロフの暗殺があって、その報復の圧力が高まっているときでしたが、帰ってきて以来、私はソヴィエト・ロシアに関する新しい証言はすべて貪《むさぼ》り読んでいます。数週間前、ヴィクトル・セルジュがあなたに宛てた手紙とイニャツィオ・シローネ[150]がモスクワに宛てた手紙を読んだ後、あなたの著書を読みながら、私は嬉しくなりました。と同時に悲しくもなりました。嬉しかったというのは、あなたの本が、私にとって人生の意味の基本をなす根本的な主張《テーゼ》を、またしても裏付けてくれたと思えたからです。すなわちこの世にはたった一つの真理しかない、というテーゼです。私はかつて共産主義の闘士であり、ソヴィエトの公務員としてソ連で三年以上、

150　本名セコンディーノ・トランクィッリ（一九〇〇―七八）。イタリアの小説家、政治家。イタリア共産党の結成に参加したが、スターリンのソ連を目にして批判を強め、共産党から除名された。

報道やプロパガンダ、企業監査の仕事をしたことがある者ですが、私も苦しい精神的葛藤や苛烈な抗争を経て、あなたと同じ結論に達しました。ほかの国から、違う環境から来たあなたと同じ結論に。セルジュも、またシローネも私たちの仲間です。あなたの本に述べられた「順応主義《コンフォルミスム》」を受け入れない人間たちがここにいるのです。

私がソ連について書いた文章は、おそらくあなたの関心を引くのではないでしょうか。この手紙に小著『ヨーロッパの再発見』と冊子『モスクワ裁判』を同封します。また、私の本の出版元であるチューリッヒのスイス・シュピーゲル書房に頼んで、一年前に出た私の大部の著書『ソヴィエト・ロシアとの訣別』を送らせます〔原文では著作名はすべてドイツ語〕。

筆をおく前に、私の頭から離れない一つの質問をすることをお許しください。あなたはご著書の結末で、ソ連の嘆かわしい状況の責任が、社会主義という主義主張に帰せられる危険があると述べておられます。この危険は、きわめて大きなものであるように私には思われます。なぜなら、ソヴィエトのプロパガンダ機関は、もはや言葉遊びにかかずらっているときではなく、「革命的精神がもう通用しなくなっている」（85ページ）ことを認める勇気を持て、とあなたが要求した、その勇気を持っていないからです。しかし、そのような態度が欠如したままだと、無数の誠実な革命家たちが、これからも、ソ連と社会主義を、スターリンの政治ともっと公正な社会秩序の基礎とを、同一視し続けることになるでしょう。そして、その過ち――とはっきり申し上げなければなりません――は、人類の進歩のための最良の力を麻痺させ、無にしてしまうでしょう。この悲劇的な結末を避けるためには、どうすればよいのでしょう。

最近のジノヴィエフとカーメネフの裁判について、あるいは集団銃殺刑について、さらに、数千もの「反革命主義者」が白海やシベリアやトルキスタンの強制収容所に送られている問題について、あなたがどういう態度をとられているのか、私は存じ上げません。そこには、ロシアの同志に交じって外国人の同志もいます。二年前、よりよい未来を求めてオッタクリングのバリケードで戦った防衛同盟《シュッツブント》[151]のメンバーもいます。そこには、かつてネヴァ川の水位より低いペトロパヴロフスク要塞の独房で呻《うめ》き苦しんでいた人々がいます。ソヴィエトの監獄の中には、ゼンズル・ミューザムもいます。彼女の夫の方はヒトラーの強制収容所で亡くなっています（何という意義深く悲劇的な巡り合わせでしょう）[152]。そこには、おそらくすでに死んでしまったか、あるいはまだ生きてはいるが、おそらく生ける屍《しかばね》となった者たちがいます。たくさんの私の友人たちだけでなく、革命家や共産主義的社会主義者たち、収容所に送られながらも進歩を愛してやまない人たちがたくさんいるのです。

しかし公衆の意見、「人間の良心」というものは、もはや存在していないかのようです。モスクワ裁判の悲劇的な繰り返しであるノボシビルスク裁判はごくかすかな反響しか呼びませんでした。六人の人間が、たった二日間の裁判を経て銃殺されたのです。外部の証言者もなく、馬鹿げた「正当化」にほかならぬ「厳正なる自白」とやらいうものだけで！

死んだ者たちを救うことはもうできません。しかし、ほかの者たちが同じように死んでいくことを防ぐことはできます。氷海のほとりで、シベリアの広大なツンドラ地帯で、あの有名なルビャンカにあるＧＰＵの地下牢で、今もまだ虫の息をつないでいる者たちを生き返らせてやることはできます。

この私は、力の限り闘います。しかし、私の力はわずかなものです。私の呼びかけは、限られた数の人々の耳にしか届きません。監獄の壁を打ち破るには足りないのです。

しかしあなたなら、あなたなら多くの人に知られています。人類の理想の名を借りて、あのような無残な不公正を行っている者たちも、あなたが発する呼びかけには、耳を貸さないわけにはいかないでしょう。
ヒトラーの犠牲者だったオシエツキー[153]は解放されました。
スターリンの犠牲者たちを解放することにも手を貸してください！
あなたの手を握ることをお許しください。

A・ルドルフ

151　オッタクリングはウィーンの十六区。一九三四年二月、オーストリア内戦（二月内乱）で激戦地となった。防衛同盟《シュッツブント》はオーストリア社会民主党の武装組織であり、ドルフス首相のオーストリア第一共和国政府らファシスト勢力に抵抗した。ドルフス派の勝利に終わり、社会民主党は解散、いわゆる「オーストロファシズム」体制が強化される。

152　ゼンズル・ミューザム（一八八四―一九六二）の夫であるドイツの劇作家・詩人のエーリヒ・ミューザム（一八七八―一九三四）は反体制の雑誌を刊行し、軍国主義やファシズムと闘うが、ナチスに捕まり、オラニエンブルク強制収容所で亡くなった。夫の死後、ゼンズル・ミューザムはモスクワに行くが、一九三六年に「トロツキストのスパイ」として逮捕された。

一九三六年十一月五日

拝啓

『金曜日《ヴァンドルディ》』に掲載されたあなたの文章を読み、[154]大変感動し、こうしてお手紙を差し上げています。あなたは、革命とは何よりもまず社会的正義であり全人類の尊厳である、と考える人々の感謝の念を受けるに値します。革命というこの未開の地に足を踏み入れる作家にとって、臆することなく真実を見続け、それを見たときには恐れることなく大きな声で表現するということがどんなに難しいか、私は知っております。しかしまた私は、「常に自分自身であり続けたいという欲望」が本当に満足させられるのは、完全に誠実であることによってだけだ、ということもよく知っております。そして、ジッド様、この誠実さが労働者の立場を損ねることは決してないのです。労働者のためにならないのは、手加減であり、妥協です。

あなたの文章を読み返しておりますが、十月革命をその最初のときから擁護した人々がどんな思いをしたか、おそらくあなたは今では理解なさっているだろうと存じます。彼らはあの革命をすぐさま評価しました。それが戦争に対する彼らの闘いとつながっていたからです。彼らは革命に自分たちが与えられるもののすべてを与えました。しかし、少しずつその革命が古い世界に汚染されていくのを見たのです（ここ数カ月の話ではなく、レーニンの死以来ずっとです）。そして革命は、体制を維持していくために、おそらくその真の存在意義をおろそかにしていったのです……。

マルセル・マルチネ[155]

一九三六年十一月二十五日、パリ

ソ連への批判が、時宜にかなっているかどうかという問いに対しては、私は「そう

153　カール・フォン・オシエツキー（一八八九―一九三八）。ドイツのジャーナリスト、平和活動家。急進的な政治週刊誌『世界展望』の編集長を務めた。一九三三年、ナチス・ドイツに逮捕され、強制収容所に送られると、ジッドとロマン・ロランが釈放のための運動を起こした。三五年、獄中でノーベル平和賞を受賞。三六年に病院に移送されたが、二年後に死去。

154　『ソヴィエト旅行記』は書籍としての刊行に先立って、その「序言」だけが一九三六年十一月六日号の『金曜日』誌に掲載された。ここはその文章を指す。

155　マルセル・マルチネ（一八八七―一九四四）。フランスのプロレタリア文学の作家、詩人。左翼的人道主義で知られる。『ソヴィエト旅行記』の刊行後すぐに好意的な書評を書いた。

だ」と答えます。

ロシア革命の経験を分析することは当然ですし、必要があればそれを批判しなければなりません。レーニン自身も他の国の共産主義者たちにそうするよう求めていたではありませんか。一体今あの時代はどこへ行ってしまったのでしょう。共産主義者は、現実を分析することを拒んではなりません。そんなことをすればマルクス主義を否定することになります。共産主義者は、まさに自分たちが労働者運動の未来を体現しているのであるからこそ、プロレタリアを落胆させたくないなどという口実で、彼らの目から革命の過ちを覆い隠すようなことをしてはならないのです。それどころか、共産主義者たちの義務、その使命とは、ロシア革命が辿《たど》った道を分析することにほかなりません。とりわけ労働者階級が政治的に成熟しているフランスでは、自分たちが騙されているのではなく、自ら間違っているのだということを理解できるはずなのです。その分析により、ソ連では社会主義は実現されていないということが明らかになるでしょう。しかし同時に、ソ連の革命のための闘い、その征服、その条件が、プロレタリアにとって、未来の闘いのための貴重な教えであり、励ましであるということも示すでしょう。ブルジョワの思うツボにはまるのではなく、むしろこのような態度こそがプロレタリアの良心を照らし続けてくれるのです。その闘いの革命的な性格を強固にしてくれるのです。危険な幻想を霧消させ、過度な楽観主義から守ってくれることによって。

資本主義国の経済と比べて、ソ連の経済は驚くべき進歩を見せています。しかし、ソ連経済が資本主義的な芽を含んでいることも、見失ってはなりません。自由市場や給与格差、およびそれにまつわるあらゆる帰結が、ソ連経済にも潜んでいるのです。

J. Sen[156]

156 プレイヤード版の校注によれば、草稿ではJ. Sennelier（セヌリエ）とあるのを上書きしてあるとのことなので、ここではアルファベットのまま示す。

解説

國分俊宏

本書『ソヴィエト旅行記』および『ソヴィエト旅行記修正』（以下それぞれ『旅行記』『修正』と表記する）の成立の経緯については、すでに訳者によるまえがきで説明したとおりである。ここでは、まえがきの内容を補足しつつ、さらに本文の内容に立ち入ってこの本の魅力を紹介してみることにしよう。それとともに、作家ジッドにとって結局「ソ連体験」とは何だったのか、彼の共産主義への接近はどういうものだったのかについて考えることで本書の解説としたい。

ソ連の状況

ジッドがソヴィエトを訪れたのは、一九三六年の夏である。まずはスターリン体制下の当時のソ連の状況を簡単に振り返っておこう。

レーニンの死後、スターリンが絶対的な指導者として権力を握ったのは、一九二〇年代末頃のことだった。その支配の初期にスターリンがやったことは、一言で言えば、それまで農業国だったソ連を一気に重工業国へと変えてしまうことである。一九二八年十月に始まった第一次五カ年計画（90ページ参照）とは、要するに急激な工業化だった。スターリンはそれを、収容所や秘密警察、軍を活用し、知識人や教会を弾圧することで強圧的に成し遂げようとした。特に犠牲になったのは農民である。その様はさながら「農民との戦争」と言えた。クラーク（富農）と呼ばれる有力な自営農民を大量に逮捕、追放し、コルホーズという集団農場を建設して農業の集団化を図った。

コルホーズについては、本書の59ページ以降、および145ページから始まる章においても詳しく描写されているが、ジッドも書いているとおり、コルホーズで働く農民たちには移動の自由もなかった（一九三二年十二月に国内旅券制が導入されている）。半世紀前の農奴制が復活したようなものである。スターリンは農民を敵対階級としか見ていなかった。都市や工場、学校が建設され、若者は農村から都市に移った。

こうして急激な都市化を進め、工業労働者を上から作り出す一方で、スターリンは穀物の海外輸出を強化し続けたので（穀物は外貨獲得の主要な手段だった）、ウクライナやロシア南部は深刻な飢饉に見舞われた。一九三二年から三三年にかけての飢饉による餓死者は、四百万から五百万、あるいは六百万人とも推計されている。一九二〇年前後にも飢饉は起きているが、三二年のこの飢饉は、工業化や農業集団化に起因する人為的なものだった。

こうした中、一九三四年に、勝利者の大会と呼ばれる第一七回党大会が開かれる。このとき、第一次五カ年計画は目標達成に程遠く、数百万人の餓死者を出した大飢饉の影響もあり、スターリンの立場も安泰とは言えなかった。実際、反スターリン感情からレニングラード出身のセルゲイ・キーロフを書記長に推す雰囲気もあったという。だが結局、スターリンはキーロフと同格の書記に留まるという形で事態をうまく収束させた（このとき参加者中二百八十五名がスターリンに反対投票を行ったというが、三〇年代後半の大粛清によりこの党大会参加者の半数近くが銃殺されている）。だが、この同じ一九三四年の十二月一日、キーロフが暗殺される。スターリンによる陰謀説があるが、証拠は発見されていない。いずれにしても、スターリンはこの事件を利用した。事件を旧反対派の陰謀と見て、テロ事件については処罰の手続きを簡素化する法律を施行したのである。これが、いわゆる大粛清が始まるきっかけとなった。一九三六年八月の第一次モスクワ裁判では、ジノビエフ、カーメネフら旧左派の十三名がスターリン暗殺を企てたとして死刑判決を受け、年内に銃殺された。こうした粛清裁判は、被告に強制的に自白させる、国際社会に向けた演出でもあったので、見世物裁判とも呼ばれている。軍の忠実な幹部なども次々と犠牲になった。

ジッドがソヴィエトを訪れた一九三六年の夏とは、まさにこのような状況の渦中であった。『修正』ではブハーリンのエピソードが綴《つづ》られているが（248―250ページ）、ブハーリンも一九三八年三月の第三次モスクワ裁判で死刑判決を受け、銃殺されている。また、この間、オルジョニキーゼ（215ページ）など、自殺した党幹部もいた。大粛清の規模については議論があるが、一説には、一九三四―四〇年に銃殺された者の数は百万人にも上るという。また、三四年からスターリンが死ぬ五三年までの収容所の総人口は、ほぼ二千万人だと言われている。

ソ連批判

こうしたスターリンの強権的で抑圧的な体制は、現在の目から見れば明々白々と言っていいが、当時のフランス共産党はむろん認めていなかった。モスクワを中心に各国の共産党や左派社会民主主義グループなどを統合した共産主義運動の国際組織をコミンテルン（別名、第三インターナショナル）というが、コミンテルンを構成する諸党にとって、少なくとも両大戦間期までのソヴィエトは、依然として正統マルクス主義を具現化した存在だったのである。

『修正』の中で、ジッドは「今こそ、フランス共産党は目を開くべきだ」（225ページ）と強く非難しているが、そのジッドにしてからが、実際にソ連を訪れるまでは「騙《だま》されて」いたのである。しかし、現実のソ連を目にしたジッドは意見を改める。そのために共産党やその周辺の作家たちから猛烈な非難を浴びせられるのだが、しかし、この変節は、変節であって変節ではない。ジッドの精神は「常に称賛し続けたいと思っている人たちに対して、最も厳しい目を向ける、というふうにできている」（26ページ）だけだからだ。すでに書いたように、ジッドはもともと共産党という党に「入信」したわけではなく、自らの信じる理想がソ連では実現されていると（半ば無邪気に、ではあるものの）信じていたにすぎない。ジッドは常に自分の「真実」に忠実なのであって、「もし党が真実から離れるのなら、私もまた同時に党から離れる」（243ページ）のが必然なのである。本書は当時のソ連社会の実情を具体的なエピソードによって伝えてくれる興味深いものであるが、それ以上に現代のわれわれにとっても読むに足る重要な著作であるのは、公正さのみを基準とするこの不偏不党の姿勢にこの本が貫かれているからにほかならない。

とは言え『旅行記』の序盤では、ジッドの筆は、少なくとも現在の私たちから見れば、かなり遠慮がちであるように思える。できるだけソ連のよいところを取り上げ、褒めたたえようとしているからだ。もちろん、旅の進行に応じて綴られたエッセイであるから、はじめのうち、よく事情が飲み込めていなかったということはあるだろう。その一方で、若者の熱狂や興奮を伝えるジッドの筆はある種の瑞々しさをたたえており、すでに老人と言っていい年齢に達したジッドが若者に注ぐ視線のありようがうかがえて興味深くもある。

それはともあれ、「序言」においては（序言は全体を振り返って最後に書かれたのだろう）、ソ連への幻滅や自らの誤った認識への苦々しさがにじみ出ている。また、章を追うにつれて、ソ連の現状への批判がはっきりとしたわかりやすいものになっている。「今日、ほかのどんな国でも――ヒトラーのドイツでさえ――このソ連以上に精神が自由でなく、ねじ曲げられ、恐怖に怯《おび》え、隷属させられている国はないのではないかと私は思う」(85ページ)という言葉は、ヒトラーを引き合いに出すなど、かなり踏み込んだ形でスターリン体制を糾弾している。旅の初めには、ジッドはまだここまでソ連の現状がひどいとは思っていなかったのだ。

ジッドがこの旅によってがらりと認識を変えることを見て取るには、『旅行記』の補遺に収められた演説を読むとわかりやすい。補遺には最初に三本の演説が収められているが、これは、ジッドがまだソ連を実際に見てみる前に準備されていたものだ。だからその内容は、明確にソ連を擁護するものになっている。実はこれら三本の演説は、現在フランスで一般に普及しているポケット版の原書からは削除されている。ジッドがまだソ連を賛美している認識のままで、内容が本文とそぐわないからだろう。今回、本書の翻訳にあたって、これらの演説も歴史的な意義があると考え、別の版を参照し復活させた。本文と読み比べて、その認識の違いを味わってみるのも興味深いのではないかと思う。

ともあれ、『旅行記』の最後はそれでもまだソ連への期待と希望で締めくくられており、かなり気を使っていることが感じられる。翌年に出された『修正』では、その遠慮すら、かなぐり捨てたかのようである。

総じて遠慮がちであった『旅行記』の記述に比べて、『修正』で、ジッドはいよいよはっきりとソ連への批判を展開する。批判に対する反論という性質上、当然ではあるが、より論争的な性格を鮮明にしていると言えるだろう。細かい数値などのデータが多用されていることも『修正』の特徴である。一読者としてなら細かい数値はつい読み飛ばしてしまいたくなるところだが、翻訳者としてすべてにじっくり付き合ってみた結果、数値に支えられたこれらのエピソードを読み解くのもまた大変味わい深いという感想を持ったことを告白しておく(たとえば、二十四台中二十三台が「走行不能だった」という車とか、二百万冊のうち「九九％が使用不可能だった」という学童用ノート、あるいは「座ろうとするとすぐに壊れ」る椅子だとか)。いずれにせよ、ここには、自説の補強に努めるジッドの意地と本気が込められているのだろう。

とは言いつつも、『旅行記』にせよ『修正』にせよ、統計的資料を扱った部分よりも、やはりジッド個人の具体的な見聞を綴った箇所の方が圧倒的に面白い。もちろん面白いと言って済ませていられる話ではないが、たとえば、四百か五百の商品しかない店に八百から千、あるいは千五百人もの人が列を作って並んでいるとか、ソ連の学生たちの外国語が下手で、その言い訳に、今ではもう「外国から学ぶものは何も」ないからだ、と言ったとか（ここでは特に欄外の注に添えられた学生の発言が傑作。ジッドは堅苦しいほど真面目な作家だが、決してユーモアのセンスがないわけではないのだ）、あるいはまた、ホテルのホールで大衆的な芸術を賛美し、ジッドの言うことをブルジョワ的理屈だと断じた芸術家が、後からジッドの部屋に追いかけてきて「すみません、先ほどは周りの人が聞いていましたので」と言い訳したとか、興味深い逸話に事欠かない。

スターリンの生地ゴリを通りかかり、電報を送ろうとした際のやりとりも印象深い。ジッドとしては通常の敬意を払った言葉遣いをしているつもりなのだが、同行していた通訳や役人たちは、単に「あなた」と呼びかけてはダメで、「全労働者のリーダーたるあなた」や「人民の指導者」と書かなければならないと言うのである。ジッドは「スターリンはそんなおべんちゃらを喜ぶような小さな人間ではないと抗議した」（89ページ）と書いているが、今われわれが知っているスターリン像から見れば、果たしてジッドの言うとおりかどうか。いずれにしても、為政者の権力が強大であればあるほど、下の者たちが「忖度《そんたく》」するという構図は、時代をこえ場所をこえ変わらぬ真理なのかもしれない。『旅行記』を読みながら慄然とせざるを得ないのは、こういうところである。

先ほど、当時のソ連の状況を説明しながら、キーロフの暗殺を利用したスターリンが、テロ事件についての処罰の手続きを簡素化する法律を施行したことが大粛清の最初の一歩であったと述べた。「見世物裁判」を経て、地方ではやがて裁判すらされずに処刑される例も生まれた。また、ヒトラーが民主的な選挙の手続きに則って政権を獲得したことはよく言われるとおりである。選挙によって選ばれた政権も全体主義へと走りうるということを歴史は教えている。「非常事態」を利用するたった一つの法律が、国を変質させてしまうかもしれない。そうだとすれば、「民主主義国家」だとて安穏とはしていられない。ファシズムの危険は、現代のわれわれにとっても決して無縁な話ではないのである。

ジッドへの批判

『旅行記』を出した後、ジッドにどのような批判が浴びせられたかは、ジッド自身が『修正』の中で数多く取り上げているので、ここでいちいち紹介する必要はないだろう。グルニエ、ゲーノ、フリードマンといった人々によるそうした批判は、概ね『ユマニテ』『金曜日《ヴァンドルディ》』『コミューン』『ウーロップ』などの左翼系の紙誌に掲載された（もちろんソ連本国の『プラウダ』もいち早く激しい批判文「アンドレ・ジッドの笑いと涙」を載せた）。

一つだけ、今の日本でもよく知られている作家ロマン・ロランの評を紹介しておこう。『修正』の冒頭でジッドもまた、かなり痛烈な言葉を書きつけているからである。「なかでもロマン・ロランからの悪罵は、私にはこたえた。これまで彼の書くものをいいと思ったことは一度もないが、少なくともその人間性だけは高く評価しているからである」（160ページ）。ジッドがこういう反応を見せたロランの「悪罵」とはどんなものだったのか。『ユマニテ』に掲載されたロランの手紙である。「この悪書はおまけに陳腐で、内容はひどくお粗末で、また皮相かつ幼稚で、矛盾に満ちている」。こちらもかなり手酷《てひど》い。

『修正』には触れられていない一つの痛ましい批判も紹介しておこう。『旅行記』の中でジッドが「深い尊敬の念を込めずには」語ることができないと書いて最大限の敬意を捧げたソ連の作家オストロフスキーからの批判である。『旅行記』の補遺にあるようにジッドが見舞ってからほどなく、一九三六年十二月にオストロフスキーは亡くなるが、その死の直後、『ユマニテ』は、『旅行記』をソ連への中傷だとしてジッドを非難するオストロフスキーの手紙を掲載した。その一節を引く。「彼の著書『ソヴィエト旅行記』は、われわれの敵により社会主義や労働者階級を攻撃する道具として利用されることになるだろう。この本の中でジッドは私を褒めている。ヨーロッパにいれば聖人とみなされるだろう等と言っている。私はそれについては何も言いたくない。ともあれこの裏切りは私にとって大きな衝撃だった。なぜなら私は、彼がわれわれの成功と勝利のすべてに対して絶大な称賛と敬意を表した時、彼の言葉と涙を誠実に信じたからである」。ジッドがおそらくオストロフスキーへの敬意を生涯失わず、その死を悼んだであろうことを想像すると、この批判もまた「こたえた」のではないだろうか。

日本でも一九三七年の初頭にはやばやと反応があった。左翼運動家で、日本共産党の委員長だった宮本顕治の妻でもある作家、宮本百合子はこの年の二月、『文藝春秋』に「ジイドとそのソヴェト旅行記」（ママ）という文章を発表している。これは『中央公論』の新年号に小松清訳で『旅行記』（タイトルは「ソヴェト旅行記」）の第三節までが掲載されたことを受けてのものである（それにしても、第二次世界大戦前のこ

の時期、同時代のヨーロッパの文章がすぐに訳載され、またすぐに反応があるという
その素早さに驚かされる)。

共産党作家である宮本はむろん、「ジイドの旅行記を読むと、ジイドが自身の作家的特質倒れになって、結局新社会の存在が語っている歴史的現実を客観的につかんでいないことが感じられる」と批判しているのだが、それでもこの段階での宮本は、ジッドが従来「人間的良心」を示してきた作家であることを認め、「只管《ひたすら》に真実ならんと欲する情熱」を持ち、「純粋な誠実」を貫こうとする作家であるとしてその経歴に敬意を表している。その上で、むしろジッドがそのような自己の内的な問題を追求してきた作家であるから、現実が見えていないのだと言って批判するのだ。

宮本は、ジッドのソヴィエトへの傾倒は、「社会問題の面から結果したのではなく、その当初から全く内的な、心理的な問題」から発しているのであって、そもそも彼には社会的現実が見えていないと言うのである。一見もっともらしく聞こえる理屈ではあるが、ジッドは実際にソ連を見てきたのであって、書斎にこもって「全く内的な」省察をしていたわけではない。宮本の論旨には、作家ジッドの知的誠実さを、どうにかして「ソ連の現実が見えていない」という結論に結びつけてやろう、とでもいうよ

うな無理矢理なところがある。

「作家ジイドの生涯を貫く最も著しい特質、純粋な誠実を自他に求める情熱への自覚的献身の欲求が、今度のソヴェト旅行では、かえってジイドの現実的理解を制約する力となっていることは、実に意義深い我々への教訓であると思う」と宮本は書くが、どうして誠実であろうとすれば現実が見えなくなるのか、必ずしも論理的なつながりが示されているわけではない。要するに宮本は、決して社会派ではない、むしろ耽美的な作風であるジッドの「世間知らず」な側面を、批判に利用しているのである。ジッドは「常に絶対に誠実であろうとする自己の主観的な常套にのみ固執し、それに意識を奪われて大局を見誤っている」と宮本は言うが、それは、「誠実」に見れば問題はあるが、「大局」のために多少の不正には目をつぶり、不誠実になれと言っているに等しい。

いずれにせよ、歴史を見ればすでに決着はついている。宮本の文章は、常に絶対にイデオロギーに忠実であろうとして党派性にのみ固執すれば、どんな歪んだ理屈で人を批判するかという民族誌的標本として貴重な例を提供していると言うべきだろう。

しかし、すでに言ったように、この時点での宮本はまだマシなのである。この後、同年十月に宮本はさらに『修正』の刊行を受けて、「こわれた鏡 ジイド知性の喜劇」(『帝國大學新聞』)という文章を発表しているが(このタイトルだけで、すでにこれがいかに激しい攻撃文書であるかわかる)、これはのっけからジッドの『修正』を、「彼のこれまで書いたどの文章よりも悲惨である」と断じ、「かつて或る才能を証明し得た作家が、歴史の本質を把握し得ないために、どんなに猛烈な自己分解を行うものであるかという、深刻な典型の一つを、ジイドは身を以て示しているのである」とまで言ってのける。何らかの深刻な典型の一つを、身を以て示している作家がいるとすれば、それは宮本の方だと思うが、この文章についてはもうこれ以上触れる必要はないだろう。念のために言っておけば、プロレタリア作家としての宮本百合子の才能を、これらの文章はなんら貶《おとし》めるものではない。つくづく人間は一筋縄ではいかないものだと思う。

ジッドと共産主義

結局ジッドは一九三七年に共産主義とはきっぱりと訣別することになるわけだが、ジッドにとって共産主義に一時的にせよ接近したことはどういう意味があったのだろうか。

すでにまえがきで紹介した言葉であるが、ジッドはそもそも日記の中で、「私を共産主義へ導いたのは、マルクスではなく福音書なのだ」と吐露している。また、『資本論』は数ページ読むとうんざりしてしまうとも告白している。ジッドは決してマルクス主義者ではなかった。それでいながら、「コミュニストというと特殊な目で見られがちだが、私はこれまでつねに全身全霊コミュニストだったのだ」とも書いている。要するにジッドにとって、共産主義者であるか否かは、魂の問題だったのだ。一方で、「政治にはまったく不向きな私に、一政党への参加を要請してもらってもいかんともしがたいことは知っておいてほしい」とも書き添える。つまり、ジッドの行動は、現実の政治に関わるというよりは、精神の次元に限られたものだった。この意味で、宮本百合子の言う「(ジッドのソヴィエトへの傾倒は)社会問題の面から結果したのではなく、その当初から全く内的な、心理的な問題」から発しているとの指摘は、それ自体として実は完全に正しい。

プロテスタントの家庭に生まれ、厳格な母親に育てられたジッドは、自らの性的欲望の激しさと、それを抑圧しなければならないという強い葛藤の中で苦しんできた

（ジッドの生涯については、同じ光文社古典新訳文庫の『狭き門』に中条省平氏の大変詳しい解説があるので、ぜひそちらをご参照いただきたい）。自らの環境に苦痛を感じ、ブルジョワを嫌悪するブルジョワとしてジッドは、自分の周りにないものをソ連に求めた。いやむしろ、自分の周りにあって自分を縛るものがソ連にはないと信じた。その素朴さが、ジッドの美点であり、限界である。

『フランス共産党と作家・知識人 1920〜30年代の政治と文学』という研究書を著したジャン＝ピエール・ベルナールは、このような遠い地にあるソ連の理想化を「一種の観念的転写」と呼び、ジッドの共産主義への接近を、内的飛躍による非合理的な性質のものと結論づけている。このような言い方はかなり手厳しいものだが、表現はともかく、ジッドの共産主義への傾倒が、いわば「一過性」のものだったことは認めざるを得ない。「同伴」した期間の短さは別としても、ジッドがマルクス主義を理解していたとは言いがたいし、そもそも（これはこの解説でもまえがきでも強調していることだが）、共産主義への接近も、またそこからの離反も、ジッドにとっては「転向」だとか「変節」だとかいったものではまったくないのだ。ジッドはまったく変わっていない。

さらに、小説家としての創作の面から見ても、ジッドの場合、共産主義や政治参加の体験が、結局その作品に影響を与えた形跡がまったくない。その点で、ルイ・アラゴンやアンドレ・マルローのような（この二人の共産主義との関わりもまたそれぞれ別個のものだが）、その思想や政治体験が作品の中に刻み込まれている作家とはまったく異なっている（そもそもジッドの場合、ソヴィエト旅行の時点で六十歳を超えており、作家としての大きな作品はもうすでに書き終えてしまっていたのだが）。

けれども、ジッドの「共産主義体験」を、ジャン＝ピエール・ベルナールのように否定的な言い方でまとめてしまうのも、また、一方的に過ぎるだろう。作家ジッドの内面的過程として見た場合には浅薄な関わりでしかなく、そこに深い意義を見出すことはできないのかもしれないが、外の世界に対しては絶大な影響（もっとはっきり言えば貢献）があったからである。『旅行記』は一九三六―三七年で十万部以上を売り上げ、ソ連批判の書物としては史上最大のベストセラーとなったという。フランス共産党にとっては大打撃であったろうが、多くの人にソ連の実態を知らせ、問題を提起する効果は絶大であった。そしてそれも、ジッドのような、いわば「不変の人」が、おのれの真実と誠実以外の教義を持たない人間が、浅薄な形で共産主義に「かぶれた」からこそなされたことなのである。

共産主義から離れた一九三八年になって、ジッドは日記にこう書いている。「そう、私のコミュニスムへの参加に感傷的動機を見るのは正しい。しかしそのとき私は正しかったということを理解しないのは間違いである。あなた方は唯一の価値あるコミュニスムへは理論によってしか到達しえないと言う。しかしそれは理論家の弁にすぎない。理論はむろん有益なものだ。しかし熱い心や愛情がなければ、理論はそれが救おうと目指している人々をさえ傷つけてしまうのである」

ジッドがマルクス主義の理論を理解していなかったからといって、それが何だろう。理論には熱い心や愛情が伴っていなければ人を救えない、とジッドは言っている。まえがきの締めくくりに、「ジッドの熱に満ちた文章を、ぜひじっくりと味わっていただきたい」と書いておいたが、熱い魂こそ、われわれ読者にもたらされた、ジッドの共産主義体験の積極的な意義なのではないだろうか。

ジッドの熱い魂が、具体的にどのような文章となってこの本を感動的なものにしているのか。『修正』から、この一カ所はぜひとも引いておきたい。

「収容所送りになった幾千もの人たち……。これら流刑者たちは、必要なときに必要なだけ頭を下げることができなかった、屈従しようとしなかった人たちなのだ。［…］この犠牲者たちを、私はまざまざと目に浮かべる。彼らの声を聞く。彼らが私の周りにいるのを感じる。今夜、私を起こしたのは、彼らの圧殺された叫びなのだ。今日、この文章を私に書かせているのは、彼らの沈黙なのだ。あなた方は私の本に抗議したが、私はあの殉教者たちを思いながら、言葉を綴《つづ》ったのだ。もし私の本が彼らに届くなら、そして彼らが密かに感謝してくれるなら、私にはその方が、『プラウダ』に褒められたり呪われたりすることよりも、ずっと大事なのである」（240ページ）。熱いジッドに拍手。

死者たちに寄せて

最後にジッドの旅の情報を付け加えておこう。

ジッドがフランスを発ったのは六月十六日で、翌十七日にモスクワに到着した。ちょうどその翌日、病床にあったロシアの文豪マクシム・ゴーリキーが亡くなる。ゴーリキーを見舞うこともジッドの旅の目的の一つだったが、それは叶《かな》わず、ジッドはその葬儀に参列することになった。そして赤の広場で演説を行うのだが、これが、先ほども説明した、現在のフランスの版からは削除されており訳者の判断で復元した三本の演説の一つ、「ゴーリキーの葬儀に際し、モスクワ赤の広場にて」である。

ジッドと旅をともにしたのは、ウージェーヌ・ダビ、ルイ・ギユー、ジェフ・ラスト、ピエール・エルバール、ジャック・シフランの五人である。それぞれの人物については本文で登場してきたときに訳注をつけてあるが、みな共産主義に賛同するジッドの文学仲間である（シフランは共産主義者ではないが、ジッドと親しいロシア人だったので、ジッドのたっての願いで参加することになった。ソ連側は難色を示したという）。

ジッドがフランスに帰国したのは八月二十二日である。しかし、その直前、本文でも触れられているとおり、ダビがセバストポリで客死するという悲しい出来事があった。ダビの遺体は二十五日にモスクワで荼毘《だび》に付され、遺灰が祖国に戻ってくるのは九月になってからだった。この出来事は続編の『修正』の方で詳しく語られており、『旅行記』ではかすかに触れられているだけだが、『旅行記』が「ウージェーヌ・ダビの思い出に」捧《ささ》げられているのは、そのためである。

ダビの死は、ソ連への失望とも相まって、ジッドにとっては二重の痛手だったかもしれない。ゴーリキーの死で始まった旅はダビの死で終わった。本書、特に『修正』は、その論争的な性格上、センセーショナルな書物として読まれがちだが、背景にこのような死が（オストロフスキーの死もまた）横たわっていることを忘れないでおきたい。

［付記］

この解説を書くにあたって、特に以下の本を参考にさせていただいた。記して感謝します。

下斗米伸夫『ソビエト連邦史　1917―1991』講談社学術文庫、二〇一七年
下斗米伸夫『図説　ソ連の歴史』河出書房新社、二〇一一年
ジャン゠ピエール・ベルナール『フランス共産党と作家・知識人　1920〜30年代の政治と文学』杉村昌昭訳、柘植書房、一九七九年
ミシェル・ヴィノック『知識人の時代　バレス／ジッド／サルトル』塚原史ほか訳、紀伊國屋書店、二〇〇七年

アンドレ・ジッド年譜

一八六九年
一一月二二日、パリ六区のメディシス通りで生まれる。父ポールは三七歳、パリ大学法学部教授。母ジュリエットは三四歳、ルーアン出身の富豪の娘。

一八七六年　六歳
マドモワゼル・ド・ゲクランからピアノを習いはじめる。音楽はジッドの生涯を通じて文学と並ぶ芸術的嗜好の対象となる。

一八七七年　七歳
パリのアルザス学院に入学。ヴデル先生のクラスに入り、自慰行為に耽っているところを見つかって三カ月の停学処分。

一八八〇年　一〇歳
父ポール、結核で亡くなる。

一八八一年　一一歳
南仏モンペリエの中学に入学し、ひどいいじめに遭う。
クリスマスの休みにルーアンに行き、母方の伯父エミール・ロンドーの娘であるマドレーヌ（一八六七年二月七日生まれ。彼女は『狭き門』のヒロイン、アリサのモデル）やその妹のジャンヌと遊ぶ。

一八八二年　一二歳
級友のいじめを原因とする神経発作にたびたび見舞われ、アルザス学院に復学したが、状態は好転せず、学業を中断する。
ルーアンでマドレーヌの母マチルドの不倫を知り、そのことで悩むマドレーヌを守ってやりたいという思いが芽生える。

一八八四年　一四歳
五月一四日、母の親友でジッドを愛したアンナ・シャクルトンがパリの病院で孤独に亡くなる。

一八八七年　一七歳
アルザス学院の修辞学級に復学し、ここでピエール・ルイスと出会い、文学的友情で結ばれる。

一八八八年　一八歳
パリの名門、アンリ四世校に転校。この学校で、のちに人民戦線内閣の首相となるレオン・ブルムと知りあうが、まもなく自らの意志で退学する。

一八八九年　一九歳
独学でバカロレア（大学入学資格試験）に合格するが、文学に専念するため、大学進学をやめる。

一八九〇年　二〇歳
ピエール・ルイスとともにブルーセ病院にヴェルレーヌを見舞う。
伯父エミールが亡くなり、マドレーヌ

と二人で通夜を行う。
ピエール・ルイスの仲立ちにより、モンペリエでポール・ヴァレリーと知りあい、その後半世紀以上続く友情が生まれる。

一八九一年　　二二歳
『アンドレ・ヴァルテルの手記』を自費出版。一部をマドレーヌに献呈し、結婚を申しこむが断られる。
ステファヌ・マラルメの知己を得てそのサロン「火曜会」のメンバーとなる。また、オスカー・ワイルドとも知りあう。

一八九二年　　二三歳
一一月、北仏のナンシーで兵役に就くが、肺結核でまもなく除隊。

一八九三年　　二三歳
一〇月、友人の若い画家、ポール＝アルベール・ローランスとマルセイユから北アフリカ旅行へ出発。
一一月、チュニジアのスースでアリという少年と同性愛を経験し、アルジェリアのビスクラでメリエムという遊女と異性愛を経験する。初期の肺結核に罹《かか》る。

一八九四年　　二四歳
二月、ジッドの病気を心配した母ジュリエットがビスクラにやって来る。母をフランスに帰したあと、自分はマルタ島、イタリア、スイスなどを旅行してパリに戻る。

一八九五年　　二五歳

一月、ふたたびアルジェリアに赴き、アルジェでオスカー・ワイルドとアルフレッド・ダグラス卿に会う。ワイルドの手引きでモハメッドという少年と決定的な同性愛の肉体経験をする。
四月、アルジェリアから帰国し、ポール・クローデルと知りあう。
五月三一日、母ジュリエットが亡くなる。
六月一七日、従姉マドレーヌ・ロンドーと婚約。
一〇月八日、マドレーヌと結婚式を挙げる。スイス、イタリア、北アフリカをめぐる新婚旅行に出発。

一八九六年　二六歳
四月、ジッド夫妻、フランスに帰国。

一八九七年　二七歳
『地の糧』を出版し、評判を呼ぶ。

一八九九年　二九歳
中国の福州に領事として滞在していたクローデルと文通を始める。

一九〇二年　三二歳
最初の小説『背徳者』を出版するが、不評で、精神的に大きな打撃を受ける。

一九〇五年　三五歳
『狭き道』（のちの『狭き門』）を書きはじめる。

一九〇八年　三八歳
一〇月一五日、『狭き門』脱稿。
一一月、『NRF（ヌーヴェル・ルヴュ・フランセーズ＝新フランス評論）』誌の創刊に参加するが、一号で中断。

一九〇九年　三九歳

二月、『ＮＲＦ』を再刊し、二月、三月、四月の三号にわたって『狭き門』を連載。六月に『狭き門』の単行本出版。一般読者にも成功を博す。

一九一二年　四三歳

マルセル・プルーストからＮＲＦ社での『スワン家の方へ』（『失われた時を求めて』第一巻）の出版を依頼されるが、拒否する。

一九一四年　四四歳

『スワン家の方へ』を読み直して自分の判断の誤りを認め、プルーストに謝罪の手紙を送り、『失われた時を求めて』の第二巻以降はＮＲＦ社から出版されることになる。

五月、『法王庁の抜け穴』刊行。この小説の反カトリック的な傾向をめぐってクローデルとの友情にひびが入る。

八月、第一次世界大戦が勃発し、『ＮＲＦ』誌は休刊となる。

一九一五年　四五歳

パリと妻の暮らすキュヴェルヴィル（『狭き門』の舞台フォングーズマールのモデルになった土地）を往復する生活が始まる。

一九一七年　四七歳

自分の教導者であるエリ・アレグレ牧師の息子、当時一六歳のマルク・アレグレを愛し、性的関係も始まる。マルクおよび兄のアンドレ・アレグレを連れて夏のスイス旅行。スイスで音楽家のストラヴィンスキーと出会う。

一九一八年　四八歳

六月、マドレーヌが反対したにもかかわらず、マルクとイギリス旅行に出発し、三カ月滞在する。帰国後、マドレーヌがジッドからの手紙をすべて焼却したことを知り、大きな衝撃を受ける。

一九一九年　四九歳

一一月、第一次世界大戦終わる。

『田園交響楽』を出版。

一九二〇年　五〇歳

同性愛擁護の書『コリドン』を匿名で発表し、マドレーヌとの婚約までを告白する自伝『一粒の麦もし死なずば』の第一部を秘密出版する（第二部は翌年出版）。

一九二一年　五一歳

エリザベート・ヴァン・リセルベルグとの関係が始まる。

一九二二年　五二歳

八月七日、マドレーヌからの手紙で彼女が愛用の十字架を知人の娘で名づけ子のサビーヌ・シュランベルジェにあたえたことを知り、ショックを受ける。

八月二二日、エリザベートから妊娠を告げられる。

一九二三（大正一二）年　五三歳

四月一八日、娘カトリーヌが誕生。父親がジッドであることは秘密にされた。

六月、山内義雄により『狭き門』が初

めて日本語に全訳される。日本における最初の本格的なジッドの紹介である。

一九二五年　五五歳
七月、フランス政府の依頼でコンゴの森林地帯を調査するため、マルク・アレグレを伴って出発。フランス領赤道アフリカ（AEF）を回る。

一九二六年　五六歳
一月、チャド湖に足を延ばす。
二月、『贋金つかい』刊行。
五月、アフリカから帰国。

一九二七年　五七歳
『コンゴ紀行』刊行。植民地会社の搾取や横暴を告発したため、激しい論争を巻き起こす。

一九二八年　五八歳
四月、『チャド湖より帰る』刊行。その補遺の中で植民地会社からの批判に対する反論を展開。
パリ七区のヴァノー通りに居を定め、ここを終の棲家とする。

一九三一年　六一歳
エリザベート・ヴァン・リセルベルグがジャーナリストのピエール・エルバールと結婚するが、ジッドは式に欠席。

一九三二年　六二歳
『NRF』の九月号、一〇月号に「日記抄」を発表。ソ連への支持を公にする。

一九三三年　六三歳
三月、パリで開催された反ナチズムの

集会で基調演説を行う。

七月、パリのヴァノー通りの自宅にジャン・ジュネの訪問を受ける。

一九三六年　六六歳
一三歳になったカトリーヌに自分が父親であることを明かす。

六月、ソヴィエト作家同盟の招待を受けてソヴィエト作家大会に出席するため、ピエール・エルバールを伴ってソ連を訪問。赤の広場でゴーリキーの追悼演説を行う。

七月、レニングラードでダビ、ギユー、ラスト、シフランと合流。一旦モスクワに戻った後、列車でオルジョニキーゼに、次いで車でカフカスを通ってトビリシに向かう。

八月、黒海沿岸を訪れ、ソチで作家オストロフスキーを訪問。セバストポリでダビが客死。

一一月、『ソヴィエト旅行記』刊行。スターリン治下のソ連に批判的だったため、左翼陣営から激しい攻撃を受ける。

一九三七年　六七歳
六月、『ソヴィエト旅行記修正』を刊行。左翼陣営からの批判に反論する。

一九三八年　六八歳
四月一七日、妻マドレーヌ、キュヴェルヴィルにて心臓発作により死去。

一九三九年　六九歳
九月、第二次世界大戦勃発。大戦中は南仏や北アフリカを転々とする。

一九四五年　七五歳
五月、ドイツ軍無条件降伏と前後して、パリに帰る。
一九四七年　七七歳
ノーベル文学賞を受賞。
一九五一年　八一歳
二月一九日、パリのヴァノー通りの自宅で死去。

訳者あとがき

『ソヴィエト旅行記』『ソヴィエト旅行記修正』には、小松清氏による既訳がありま す。どちらもすでに絶版になっていますが、『ソヴェト旅行記』(岩波書店、一九三七年)と『ソヴェト旅行記修正』(新潮文庫、一九五二年)がそれです(古い本ですから、「ソヴィエト」ではなく「ソヴェト」と表記されています)。続編の「修正」というタイトルには、内容を考えると多少違和感がありますが(むしろ前作の主張を補足し強めている内容ですから)、原題に使われている retouches という語は文字通り「手直し」「修正」という意味ですから、ジッド研究者にはすでによく知られている既訳のタイトルに従いました。

小松清(一九〇〇―六二)は、昭和の初め頃に活躍した評論家、フランス文学者です(以下、歴史的人物として敬称を略します)。本書の訳者である私も一応フランス文学の業界に身を置く人間の端くれですから、大先達である小松清の名前やその翻訳の仕事についてある程度知ってはいました。ですが、不勉強なことに、これまであまり注目したことはありませんでした。今回、本書の「新訳」に取り組むにあたって、『ソヴェト旅行記』および『ソヴェト旅行記修正』の既訳はもちろん、小松清の著書のいくつかにも目を通してみました。すると、ジッドのこの二著を小松清が訳すことは、ある種の必然であったというか、小松の文学者としての仕事や思想と深く絡み合っているということがよくわかりました。やや大げさなことを言うならば、ジッドの『ソヴィエト旅行記』という本自体が、フランスにおいて、ある種の画期をなす歴史的意義を持つ刊行物であったのと同様に、日本語による「小松清訳『ソヴェト旅行記』」もまた、当時の日本における、ある種の必然的な文脈の中から生み出された、それ自体歴史的な意義を持つ刊行物なのです。

そのような本を今回新たに（今では手に入りにくくなった本を、現代の読者にも読みやすい形でもう一度世に出したいという配慮のためとはいえ）訳し直そうというのですから、この場を借りて、小松清の仕事とその翻訳の「歴史的文脈」について、少し触れておくことが、「新訳者」としての責務であるように思います。

小松清は、神戸の生まれで、神戸高商（現・神戸大学）を中退後、一九二一年（大正一〇）に渡仏し、アンドレ・マルローの知遇を得ました（マルローとはたいへん親しい友人であったようですが、ジッドとも直接の交流があったことが、小松の著書に書かれています）。一九三一年（昭和六）に帰国後、マルロー、ジッドなどの作品を翻訳紹介する一方、一九三四年（昭和九）に、フランスにおける反ファシスト知識人監視委員会の運動を紹介する「仏文学の一転機」を発表し、大きな反響を呼びました。

ここでもまた歴史的事実のおさらいになりますが、当時、ムッソリーニやヒトラーなどの台頭もあり、ヨーロッパではファシズムに反対する文化人たちの国際的な活動が起きていました。まえがきで紹介した革命的作家芸術家協会（ＡＥＡＲ）もそうですし、反ファシスト知識人監視委員会もその一つです。ジッドはそのどちらにも関わっています。そうした流れの一つの帰結として、一九三五年六月にパリで、ジッド、マルロー、アラゴンらを中心に、三十八カ国二百五十名の文学者を集めた第一回文化擁護のための国際作家会議が開催されます。小松清も同年、早速『文化の擁護　国際作家会議報告』（第一書房）を編纂し、これを紹介しています。こうした反ファシズムの流れは、政治的な立場としては社共両党の協力を促し、いわゆる人民戦線の結成を後押しするものとなりました。つまり、大雑把に言って左派的な文学者たちの連帯が、反ファシズムの号令のもとにこれだけ大きなものとして広がったということです。小松清が単なるフランス語の翻訳者ではなくて、ある種の思想の推進を担う文学者であったことがよくわかると思います。

さて、日本でも小松清による紹介が作家の舟橋聖一らの共感を呼び、知識人の行動と連帯を議論する、いわゆる「行動主義文学論争」が起こります。小松自身も『行動主義文学論』（紀伊國屋書店、一九三五年）という著書を刊行しています。ただし、「行動主義文学」という用語はフランス語にはなく、小松による独自の命名、分類です（小松はラモン・フェルナンデスの言葉「行動的ヒューマニズム humanisme de l'action」を下敷きにしているようです）。ともあれ、小松の定義によれば、行動主義文学とは、一九三〇年代のマルローやサン゠テグジュペリなどの、行動する主人公を描く文学、あるいは社会に参画する作家の文学を指すと解されます。とりわけ小松の盟友であり、『征服者』（一九二八年）、『人間の条件』（一九三三年）などの作者マルローのことが強く念頭にあったことは間違いないでしょう。

小松は一九三七年（昭和一二）、『報知新聞』特派員としてふたたび渡仏し、一九三九年の第二次世界大戦勃発から翌四〇年のパリ陥落までを現地で直接目撃しました。その時の記録を『沈黙の戦士　戦時巴里日記』（改造社、一九四〇年）として、帰国後すぐに刊行しています。この日記は一九三九年八月二十七日に始まり、一九四〇年六月二十七日、パリを逃れてボルドーにたどり着いた小松がさらにリスボンに向かう途上で終わっています。この本も、開戦時のパリの記録として、またフランスの知識人と小松との交流の記録としてたいへん興味深い、おもしろい読み物なのですが、ここでの主題から逸《そ》れるのであまり詳しくは語れません。ただ二つのエピソードだけを紹介しておきます。

一つは、アンドレ・マルロー夫人のクララと、カフェ、ドゥ・マゴで話していたときのこと（以下、小松の引用はすべて現代仮名遣いと新字体の漢字に改めます）。

> クララと話しているとき、アンドレ・ブルトンが入ってきた。軍医の制服をつけて。変な女や若者が、十数人彼の周囲にいた。超現実派の残党なのだろう。《流行遅れの流行品》といった感じである。何もかもコミックである。

シュルレアリスムの法王に対して、かなり辛口ですが、その少し後で、さらにこんなふうにも書いています。

アラゴンにくらべたら、超現実派のアンドレ・ブルトンなどは正直者と云えよう。肥満した身体に軍服をつけて、殆ど毎晩のように彼はカフェ・ド・ドゥマゴに姿をみせる。例によって例の如く、数人の超現実派の信者にとりまかれながら。その信者たちは、いつも同じ顔ぶれである。ブルトンは、とり残された孤独な預言者といった物淋しいうちにも誇りを湛えた表情をしている。文壇の人々もジャーナリストも、彼がカフェに入ってくると冷い視線をちょいとなげるだけである。口の悪い連中は、ブルトンの取巻をさして《最後の使徒》と呼んでいる。

一九二四年の「シュルレアリスム宣言」からすでに十五年、第二次大戦開戦頃のシュルレアリストたちがどう見られていたのかが興味深いのと同時に、小松清の文学観がよくわかると思ったので、やや長くなりましたが、紹介しました。

一方で、小松は刊行されたばかりのサン゠テグジュペリの『人間の大地』（小松は

「土地」と訳しています）を読んで、これを激賞しています。

「人間の土地 Terre des hommes（ド・サンテクスペリの最近作）」を一気によむ。素晴しいわけても、そのうちの一篇「砂漠の中」は非常な感激をもってよんだ。素晴しいものだ。［…］そして、そこに置かれて初めて発見できる人間性の強さ、偉さ、美しさに打たれて涙が出た。すばらしい作品である。これはルポルタージュといったような取澄《とりすま》したものでなく、自分をすっかり賭けた人間にしか書けない記録だ。詩情も豊か、文章も古典的なフォルムの美しさと近代的な感覚の鋭さ、テンポを兼ね具えていて、快く読める。彼とは今迄二、三度顔を合したことがあるが、ゆっくり話をしたことがない。彼はひどくはにかみ屋で謙遜で無口だ。［…］この作品を読んでサンテクスペリという人間が、ますます好きになった。心から尊敬のできる、信頼することのできる、そして愛することのできる男だ。［傍点原文］

小松がどんな文学を高く評価するのか、たいへんよくわかりますが、それと同時に、

『人間の大地』を原文で読んで（当たり前ですが）、その内容はもちろん、文章の魅力まで含めて的確に評価していることに驚きます。小松のフランス語力の高さがよくうかがえると思います。

このように見てきたとき、小松清がジッドの『ソヴィエト旅行記』の訳者であるのは、きわめて理にかなったことだということがわかります。その文学的キャリアから言っても、文学者としての思想や好みから言っても、当時、小松清以上にふさわしい人はいなかったでしょう。刊行直後たちまち出版された日本語版『ソヴェト旅行記』は、いわばたいへん幸福な訳者との出会いを果たした書物だったのです。

そのことは、小松の別の著書の次のような一節を読むと、さらによく納得できます。ヨーロッパでの開戦とともに日本に帰国した小松は、ほどなく『フランスより還る』（育生社、一九四一年）を出版しています。その序文の一部を引きます。内容もさることながら、その文体、口ぶりに注目してください。

去る九月日本に帰って以来、私はいろんな場所で、フランスの文化や政治について私の見解、所信を忌憚なく書いたり、話している。そのために、私のフランス観があまりに厳しきに偏しているといった批評をあちこちで耳にすることがある。
私には、毛頭、死人に鞭打とうといった気持ちはない。敗北者をはずかしめようといった意図もない。今流行しているある種の外来政治思想にたいするオポチュニズムや迎合主義から、何によらず戦勝国の為すこと、云うことをたたえ、戦敗国に関しては何によらず侮蔑の眼を持ってみる、といったような卑俗な精神は夢にもない。それらはわたしの性格にはないつもりである。
［…］
フランスにたいして心からの愛情をかんずるものであればこそ、フランスの新しい出発を希うものであればこそ、それだけに私のフランスに対する愛情は真実であり、厳しさと批判を忘れぬものでありたい。またそうあるのが正しいと私は思っている。

どうでしょう。本書をすでに読んだ方ならば、これを見て、ジッドのものの言い方、考え方にそっくりだと思うのではないでしょうか。この文章の「フランス」を、「ソ連」または「共産党」に置き換えれば、そのままジッドの文章と言っても通用しそうなほどです。ジッドの口吻《こうふん》が小松に乗り移ったのか、それとも、もともと小松自身がそういう人だったのか、いずれにしても、「小松清訳『ソヴェト旅行記』」がある特別な意義を持った刊行物であったという意味がよくわかってもらえたのではないかと思います。

そういう「歴史的な」小松訳ではありますが、今では図書館か古書店でしか手に取ることができません。それに何よりも歴史的仮名遣いと旧漢字で書かれ、「ソヴェト」「モスコー」「コムニスト」、さらには「獨逸」「和蘭」といった表記が使われている本を、現代の、特に若い人に広く読んでもらうのは難しいと思われます。現代でも学ぶところの多い示唆に富んだ本ですから、新しい装いで訳し直す意義は十分にあると考えました。

すでに述べたように、フランス滞在歴の長い小松清のフランス語力は確かなものです。私も本書の翻訳作業中、何度も小松の既訳に助けられました。思いがけない誤解をしていたことに気づかされたこともあります。後から訳す人間の優位性を存分に享受していたわけです。しかし、いかんせん日本語が古いという難点はあります。たとえば、『修正』の方で、一九三六年のソ連では、識字率を高め、非識字者をなくそうという目標が掲げられていた、というくだりがあります。ここで小松は「文盲絶滅」という訳語を使っています。原文は「la liquidation de l'analphabétisme」で、liquidation は解消とか清算という意味ですが、抹殺という意味もあるので、間違いというわけではありません。しかし、やはり今の出版物に使う日本語として「文盲絶滅」はインパクトがありすぎます。文全体を工夫して、「非識字者をなくす」ぐらいにしておけばよいわけですが、この少し後でジッドはこの言葉に引っかけてちょっとしたシャレを言っているので、そこでも通用するような何らかの名詞が欲しいというところでもありました。少し悩みましたが、本書ではもう少し穏当な表現にしてあります。

もう一つ、これは表現が不穏当なわけでも誤訳だというわけでもありませんが、工夫した例を一つだけ挙げます。やはり『修正』の中で、こういう一段落があります。小松訳で引きます。

ソヴェトで見るすべてのものが朗かなのは、この国では朗かでないものが、疑惑の目で見られる惧れがあるせいであろう。つまり悲しそうな表情、少なくとも、そのような表情を人目のつくところで見せたりすることは非常に危険を伴うものであるからだ。ロシアは嘆息の国ではない。嘆息をするにはシベリアがある。

この最後の二文、原文はこうです。「La Russie n'est pas un lieu pour la plainte ; mais la Sibérie」。最初の文は訳の通り、「ロシアは plainte（不平、嘆き）のための場所ではない」というシンプルな文です。問題は二文目で、mais は「しかし」という逆接の接続詞ですから、ここは文ではなく、「しかしシベリア（は）」というだけで終わっています。ジッドの意図がどういうものだったか、判断に迷いますが、フランス語の読解としてなら、ここは「ロシアは嘆息のための場所ではないが、しかしシベリアは（そうである＝嘆息のための場所である）」が省略されたものだと読むのが普通だと思います。その意味で、小松訳が間違っているわけではありません。しかし、どうにもうまく流れないというか、何かズバリと捉えきれていない感が否めません。その前の部分からの流れで、最初私は思い切って次のような訳文を考えました。「ロシアは不平を言うべき場所ではない。言えばシベリア送りになるからだ」。この方が前の部分とのつながりがよいと思ったのです。実際、方向性としては、この段落はほとんどこういうことを言っているのではないでしょうか。とはいえ、これはさすがに踏み込みすぎだという気もしますし、原文の簡潔さを生かす訳し方はないかと考え直しました。拙訳がベストだと確信しているわけではありませんが、最終的にどのような訳文になったかは本文でお確かめください。ともあれ、翻訳というものは、活字になったからと言って、それで決定というわけでもなく、なおほかの可能性もあるといつまでも考え続けている作業でもあります。

一方で、これは小松の解釈がおかしいのではないか、あるいはこの日本語では伝わらないのではないか、と思われる箇所についても、もちろん改善を試みました。既訳の不備をあげつらう意図はありませんので、ここではいちいち挙げませんが、よりよい翻訳書を届けたいという努力をしたことは確かです。歴史的な産物である小松訳に対して、それを刷新するだけの意味のある新訳になったと信じています。

*

本書の翻訳に際して、多くの方々のお世話になりました。古典新訳文庫の前編集長、駒井稔さんは、企画がスタートした頃、ジャック・シフラン（ジッドの旅の同行者の一人）の息子、アンドレ・シフリンの著書『出版と政治の戦後史　アンドレ・シフリン自伝』（高村幸治訳、トランスビュー、二〇一二年）を送ってくれました（シフランはフランス語読みで、幼少の頃からアメリカで暮らす息子の方は英語読みのシフリン）。ジャック・シフランはガリマールのプレイヤード叢書を創始したことで有名な出版人ですが、息子のアンドレもアメリカの出版人として優れた仕事をしていることを私は知らず、興味深く読みました。この自伝にも父ジャックとジッドとの交流のことが触れられています。

実際の翻訳から入稿、完成までは、編集部の今野哲男さん、小都一郎さんにお世話になりました。以前から担当してくださる心強いメンバーです。どのようにささやかな本でも、一冊の訳書が刊行されるまでには、多くの人の力が関わっています。翻訳者もまた、その一部にすぎません。そうして作られたこの本が、必要とする誰かの手元に届き、役に立つことを願っています。

kobunsha classics
光文社古典新訳文庫

ソヴィエト旅行記《りょこうき》

著者　ジッド
訳者　國分《こくぶ》俊宏《としひろ》

2019年3月20日　初版第1刷発行

発行者　田邉浩司
印刷　萩原印刷
製本　ナショナル製本

発行所　株式会社光文社
〒112-8011東京都文京区音羽1-16-6
電話　03（5395）8162（編集部）
03（5395）8116（書籍販売部）
03（5395）8125（業務部）
www.kobunsha.com

ISBN978-4-334-75396-2 Printed in Japan

いま、息をしている言葉で、もういちど古典を

長い年月をかけて世界中で読み継がれてきたのが古典です。奥の深い味わいある作品ばかりがそろっており、この「古典の森」に分け入ることは人生のもっとも大きな喜びであることに異論のある人はいないはずです。しかしながら、こんなに豊饒で魅力に満ちた古典を、なぜわたしたちはこれほどまで疎んじてきたのでしょうか。

ひとつには古臭い教養主義からの逃走だったのかもしれません。真面目に文学や思想を論じることは、ある種の権威化であるという思いから、その呪縛から逃れるために、教養そのものを否定しすぎてしまったのではないでしょうか。

いま、時代は大きな転換期を迎えています。まれに見るスピードで歴史が動いていくのを多くの人々が実感していると思います。

こんな時わたしたちを支え、導いてくれるものが古典なのです。「いま、息をしている言葉で」――光文社の古典新訳文庫は、さまよえる現代人の心の奥底まで届くような言葉で、古典を現代に蘇らせることを意図して創刊されました。気取らず、自由に、心の赴くままに、気軽に手に取って楽しめる古典作品を、新訳という光のもとに読者に届けていくこと。それがこの文庫の使命だとわたしたちは考えています。

このシリーズについてのご意見、ご感想、ご要望をハガキ、手紙、メール等で翻訳編集部までお寄せください。今後の企画の参考にさせていただきます。
メール　info@kotensinyaku.jp